Carol Marinelli
La fuga de la princesa

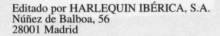

Editado por HARLEQUIN IBÉRICA, S.A.
Núñez de Balboa, 56
28001 Madrid

© 2014 Carol Marinelli
© 2015 Harlequin Ibérica, S.A.
La fuga de la princesa, n.º 2366 - 11.2.15
Título original: Protecting the Desert Princess
Publicada originalmente por Mills & Boon®, Ltd., Londres.

I.S.B.N.: 978-84-687-5528-1
Depósito legal: M-30889-2014
Editor responsable: Luis Pugni
Impresión en CPI (Barcelona)
Fecha impresion para Argentina: 10.8.15
Distribuidor exclusivo para España: LOGISTA
Distribuidor para México: CODIPLYRSA
Distribuidores para Argentina: Interior, DGP, S.A. Alvarado 2118.
Cap. Fed./Buenos Aires y Gran Buenos Aires, VACCARO HNOS.

Capítulo 1

PRINCESA, Layla, ¿está emocionada por ir...?
Layla esperó con paciencia que la pequeña que
tenía ante sí en la pantalla del ordenador encon-
trara las palabras adecuadas. La princesa daba clase a las
niñas de Ishla, mediante conexión por videoconferen-
cia con el colegio. Dedicaba una hora a cada grupo, una
vez al mes. En sus intervenciones, animaba a sus alumnas a hablar en inglés y a esforzarse en sus estudios. Y lo
cierto era que estaban dando muy buenos frutos.

–Princesa Layla –comenzó de nuevo la niña–. ¿Le
parece emocionante viajar a Australia con el príncipe
Zahid y la princesa Trinity en su luna de miel?

Ante su pregunta, la clase entera rompió en risitas
camufladas. Todas las niñas de aquella clase de cuarto
de primaria estaban excitadas con el enlace del guapo
príncipe Zahid con Trinity, una bella dama inglesa.
Además, ¡les encantaba hablar de bodas y de lunas de
miel!

–Muy bien, pequeña –repuso Layla cuando las risas
cesaron–. Has hecho tu pregunta con respeto y elegan-
cia. Sí, me emociona acompañar a mi hermano y a su
novia a Sídney, Australia. ¿Sabéis que sois la última
clase con la que voy a hablar antes de tomar el avión
esta misma noche?

La boda de Zahid y Trinity había sido preciosa y

toda la isla se había unido a la celebración, a pesar de que apenas habían tenido tiempo para los preparativos, puesto que Trinity estaba embarazada.

Layla se había propuesto que, siempre que las preguntas se formularan con educación, contestaría lo mejor que pudiera. Sin embargo, algunas de las preguntas sobre el embarazo de Trinity habían sido un poco comprometidas. No solo por el tema en cuestión, un poco delicado para la estricta moral de los habitantes de Ishla, sino porque no conocía la mayoría de las respuestas.

Ella siempre había sentido curiosidad por conocer más acerca del mundo, fuera de los muros de palacio.

Incluso antes de haber sabido con quien iba a casarse, Zahid había prometido a su hermana llevarla en su luna de miel. Se suponía que, como futuro rey, Zahid no podía dedicarse a entretener a su esposa todo el día y, por supuesto, habían dado por hecho que esta necesitaría compañía.

Aunque los dos estaban tan enamorados que, quizá, preferirían pasar las vacaciones a solas... De todos modos, Layla no pensaba renunciar a su primera oportunidad de salir del país.

En realidad, se sentía un poco culpable. Y no solo porque sabía que podía estorbar a la feliz pareja, sino por lo que había planeado hacer cuando llegara a Australia.

–Princesa Layla, ¿está asustada?

–Un poco –confesó ella–. Después de todo, nunca he salido de Ishla y no sé qué puedo encontrarme ahí fuera. Pero también estoy muy ilusionada. Llevo mucho tiempo esperando poder vivir esta gran aventura.

–Princesa Layla...

Todas las niñas levantaron las manos. Sus alumnas la adoraban. Siempre hacían sus deberes, solo para poder hablar con su princesa favorita una vez al mes. Tenían muchas preguntas, pero el padre de Layla, el rey Fahid, quería hablar con ella antes de su partida, así que tenía que despedirse.

–No hay más tiempo para preguntas. ¿Queréis desearme buen viaje?

Layla sonrió cuando las pequeñas hicieron lo que les había sugerido.

–¿Nos echará de menos? –quisieron saber las niñas.

–¡Muchísimo! –aseguró la princesa–. Sabéis muy bien que me acordaré de vosotras todos los días.

Y era verdad, pensó Layla un rato después, mientras comprobaba una vez más los detalles de su vuelo.

Pero... ¿le permitiría su padre seguir dándoles clase, después de lo que iba a hacer?

Sin embargo, no era momento para arrepentirse. Asumiría las consecuencias de sus acciones, como se había propuesto hacía mucho tiempo.

Una semana de libertad merecía la pena y soportaría cualquier castigo que su padre quisiera imponerle.

Aunque le aterrorizaba tomar un taxi sola en Australia, repasó de nuevo los detalles de su plan en el ordenador, para estar segura de que sabía lo que tenía que hacer.

¡Adoraba su ordenador!

El rey Fahid se estaba haciendo viejo y, aunque nadie lo sabía en la isla, estaba gravemente enfermo. Por eso, no se había tomado el tiempo necesario para investigar el portátil de su hija como habría hecho hacía años. Su padre ignoraba que, además de usarlo como herramienta para comunicarse con sus alumnas, le servía para tener acceso libre al mundo entero.

Ella siempre había vivido superprotegida. Ni siquiera

tenía permiso para poseer teléfono propio, ni había visto nunca la televisión.

El ordenador era un medio para enseñar a las niñas. Al menos, así lo veía Fahid, que estaba orgulloso de que su hija ayudara a las jóvenes de Ishla y que, finalmente, hubiera dejado de comportarse como una rebelde.

Layla volvió a buscar la página web que había estado estudiando desde hacía semanas, desde que había conocido cuál iba a ser el destino de la luna de miel.

¡Allí estaba él!

Al ver su serio, pero atractivo rostro sonrió.

Mikael Romanov era, según los informes que había leído en internet, un abogado de éxito. Se consideraba uno de los mejores criminalistas del mundo, especializado en defender a los acusados. De procedencia rusa, había estudiado en Australia. Duro e impasible, siempre solía ganar los casos en los que trabajaba.

Bien, se dijo. Iba a tener que ser muy duro e impasible para enfrentarse con Zahid y, tal vez, con el rey.

Después de teclear su nombre en un buscador, leyó una traducción de las últimas noticias acerca de él. Aunque ella sabía hablar inglés, no había aprendido a leerlo y a escribirlo.

Mikael salía mucho en la prensa de actualidad. En el presente, estaba defendiendo a un hombre acusado de asesinato y maltrato físico contra su última pareja. Layla había estado siguiendo el caso de cerca todas las noches.

Le encantaba curiosear las fotos del abogado saliendo del juzgado con su toga negra. Mikael no solía ofrecer comentarios a la prensa que lo asediaba. Al parecer, no le importaba que todo el mundo se preguntara cómo podía defender a un criminal tan detestable.

Tal vez, prefería concentrarse en su familia después del trabajo, caviló Layla. En cualquier caso, lo cierto era que no tenía un aspecto muy feliz en las fotos.

Mirando de cerca su boca curvada, Layla se estremeció y, de manera inconsciente, se pasó la lengua por los labios. Era el único rasgo suave que tenía su rostro. Mikael tenía el pelo oscuro, la piel, pálida y siempre iba vestido de forma inmaculada. Ah, y su voz... ¡su voz!

Tras pinchar en una de las escasas entrevistas que habían logrado hacerle, escuchó su voz profunda y con acento ruso, mientras Mikael reprendía al periodista.

–¡Mucho cuidado! –advirtió el abogado, levantando un dedo hacia el reportero–. ¿Acaso necesitas que te recuerde que el veredicto fue dictado por unanimidad?

Layla no había elegido a ese hombre por su atractivo. Aun así, cuanto más lo miraba, más le gustaba y más ganas tenía de conocerlo.

En otras imágenes, que a ella le gustaban menos, aparecía rodeado de mujeres hermosas.

Había una en un yate, con una belleza rubia tumbada en toples en cubierta.

Contemplándola, Layla apretó los labios un momento, pero se obligó a relajarse.

Ella no buscaba sexo. Solo quería pasarlo bien, divertirse y bailar.

Por supuesto, regresaría a Ishla intacta.

Pero había ciertas cosas que quería experimentar antes de casarse con un hombre al que no amaba. Cerró el ordenador y, tumbándose en la cama, se imaginó cómo sería pasar un día sin tener que levantarse ni que hablar con nadie. También se sumergió en sus fantasías de una cena romántica, caminar de la mano de su acompañante... y bailar. Esto último era algo que estaba prohibido en Ishla. Imaginó cómo sus labios besaban otros labios... y abrió los ojos de golpe. Era la boca de Mikael con la que estaba soñando.

No, se dijo a sí misma.

Mikael solo era un medio para lograr un fin.

¡Además él no tenía sangre real!

Ante ese pensamiento, volvió a encender su ordenador. Buscó noticias sobre próximas visitas de personajes reales a Australia, pero suspiró cuando no encontró ninguna.

Jamila, su criada, llamó a la puerta. Deprisa, Layla desplegó en la pantalla de su portátil una partida de ajedrez que estaba jugando y la llamó para que entrara a prepararle el baño.

Cuando estuvo listo, se acercó a la lujosa bañera y se quedó de pie mientras Jamila la desvestía y le tendía la mano para ayudarla a entrar en el agua.

–La temperatura está estupenda –comentó la princesa cuando su criada comenzó a frotarla con el más suave jabón–. ¿Jamila? ¿Estás nerviosa por el viaje a Australia? –preguntó y, cuando la otra mujer titubeó, añadió–: Si no quieres venir, puedo hablar con mi padre para que te quedes. Estoy segura de que puedo arreglármelas sola.

–Estaría más nerviosa si te dejara ir sola a un país extranjero.

Jamila adoraba a la princesa. Había cuidado de ella desde que había nacido... poco tiempo después de que hubiera muerto su madre, la reina.

Layla había sido el bebé que Jamila nunca había tenido... y la amaba como a una hija. Aunque eso era algo que la criada real nunca confesaría.

De la misma manera, Jamila tampoco dejaría que nadie adivinara que amaba en secreto a Fahid, el rey.

–Toma –dijo Jamila, tendiéndole una esponja para que Layla se lavara sus partes íntimas, mientras ella le enjabonaba el pelo.

–Bueno, deberías descansar cuando estemos en Australia –prosiguió Layla–. También tú te mereces unas vacaciones.

–¡Layla! –exclamó la otra mujer, afilando la mirada mientras le aclaraba el pelo . ¿Qué estás tramando?

–Nada –mintió Layla, encogiéndose de hombros–. Solo creo que deberías tomarte un descanso y relajarte.

La princesa no dijo nada más. Sin embargo, le preocupaba cómo podían afectarle sus planes a Jamila, que era una mujer mayor y de muy estricta moral.

Trinity y Zahid tendrían que sobrellevar el caos provocado por sus acciones lo mejor que pudieran. Después de todo, ellos se habían divertido y sabían lo que era el sexo, pero la pobre Jamila...

Tragando saliva, Layla intentó dejar de pensar en ello. No iba a dar marcha atrás para no herir los sentimientos de su sirvienta.

–Estás muy delgada –observó Jamila, contemplándola en el agua.

–Jamila, aunque no cupiera en la bañera, seguirías pensando que estoy demasiado flaca. ¿Recuerdas cuando era niña y no paraba de comer y tú decías que estaba muy gorda?

Jamila hizo una pausa mientras le aclaraba el pelo. Recordó a la princesa de niña, siempre hambrienta de atención. Destrozado por la muerte de su esposa, su padre no había podido atender sus demandas. Con la esperanza de calmarla, ella le había dado miel, crema y cualquier cosa dulce que pudiera contener sus sollozos.

Habían sido tiempos muy tristes.

–Vamos a vestirte. Tu padre quiere hablar contigo antes de que te vayas.

Layla había elegido una sencilla túnica de algodón color naranja para el viaje. Pero Jamila le preparó un vestido plateado y unas babuchas con pedrería para arreglarse antes de su llegada, pues habría varios altos mandatarios en el aeropuerto para recibirlos. En los dedos de las manos y los pies y en las orejas, lucía preciosas joyas y llevaba el pelo recogido a un lado de la cabeza.

–Puedes retirarte –dijo la princesa y, al ver que su criada seguía allí, frunció el ceño.

–Escucharás a tu padre, ¿verdad?

–Retírate, Jamila.

Cuando se quedó a solas, Layla salió al balcón. El sol empezaba a ponerse y pintaba el cielo de naranja. El desierto parecía de oro fundido. Aunque ella amaba aquel paisaje, quería más. Mirando al cielo, se dijo que el mundo tenía más cosas guardadas para ella, que pronto descubriría.

Sintiéndose un poco culpable, se prometió a sí misma que, después de aquella travesura, nunca más volvería a rebelarse y haría siempre lo que le dijeran.

Sabía que era su última oportunidad.

Hacía cuatro años, la habían vestido de blanco y oro y había bajado las escaleras de palacio para elegir marido entre los hombres que se habían arrodillado a sus pies.

Hussain había sido considerado el mejor candidato. Habían jugado juntos de niños y su padre le había asegurado que casarse con él acarrearía muchos beneficios a su pueblo. Aun así, al llegar al último peldaño, Layla había recordado lo cruel que había sido Hussain con ella de niño y había perdido el equilibrio, en medio de gritos de desesperación.

La doctora de palacio, por suerte, había hecho más llevadera la humillación del momento explicando que la princesa había sufrido una crisis nerviosa a causa de la ansiedad.

Layla sonrió, mirando al cielo. No había tenido que elegir marido ese día.

Y no había sido la ansiedad, sino el recuerdo de lo que Hussain le había hecho en una ocasión.

–¿Cómo se puede hacer que una cerilla arda dos veces? –le había preguntado Hussain cuando Layla había tenido nueve años.

–¿Cómo?

Con los ojos como platos, la joven princesa había sido testigo de cómo el otro niño había prendido una cerilla, la había soplado y, acto seguido, le había hundido el fósforo ardiente en la muñeca.

De inmediato, Layla lo había abofeteado.

Posando los ojos en la pequeña cicatriz de la quemadura, se preguntó qué haría Hussain si su esposa lo abofeteara.

Entonces, entró en su cuarto de nuevo y sacó un pequeño paquete que había guardado oculto en uno de sus cajones.

Tras abrirlo, sostuvo en la mano un rubí negro, conocido como Opium. Se lo había regalado al nacer el rey de Bishram y, sin duda, debía de valer mucho dinero.

Al menos, eso esperaba ella.

Había leído que los honorarios de Mikael eran altos y, tal vez, tendría que pagarle.

Con rapidez, se guardó el rubí entre la ropa, frunciendo el ceño al recordar algo que había leído en internet acerca de las aduanas australianas. Para tranquilizarse, se dijo que todo iba a salir bien.

Armándose de decisión, se encaminó hacia el despacho de su padre, donde Abdul, su ayuda de cámara, la dejó entrar.

–¿Tienes ganas de hacer este viaje? –preguntó Fahid, después de haber despedido a Abdul para poder hablar con ella a solas.

–Muchas, padre.

–En el hotel, tendrás tu propia habitación, adyacente a la de Jamila. Ella te cuidará mientras estés allí y, el resto del tiempo, estarás con Trinity o Zahid.

–Lo sé.

–Si vas a un restaurante, Trinity debe acompañarte y, si quieres ir al...

–¡Padre! –lo interrumpió ella–. Conozco las normas.

–Solo quiero protegerte –explicó el rey y miró a su hija, a la que amaba con todo su corazón. Era una joven independiente y arrogante, aunque al mismo tiempo lo desconocía todo del mundo, pues siempre había vivido en palacio–. Layla, no te he pedido que vengas para darte un sermón. Quiero que escuches lo que tengo que decirte. Las cosas son muy diferentes en el extranjero... y la gente es distinta también. Hay tráfico... –continuó y se encogió al imaginarse a su pequeña rodeada de coches, cuando ella nunca había tenido que cruzar una calle.

–Sé que estás preocupado por mí, padre. Sé que me has querido desde que nací...

El rey cerró los ojos. Su hija había tocado su fibra sensible. Él no la había querido desde que había nacido.

De hecho, Fahid había rechazado a Layla durante más de un año. A veces, se preguntaba si esa era la razón por la que su hija era tan rebelde y desobediente. Sin embargo, era imposible que ella recordara sus primeros meses de vida.

Desde hacía tiempo, estaba muy preocupado por ella y esperaba que un marido estricto y firme, como Hussain, supiera mantenerla a raya.

De todas maneras, cuando se casara, iba a echarla mucho de menos...

–¿Quieres hacerme alguna pregunta? –se ofreció el rey.

–Sí. Padre, he leído que en la aduana del aeropuerto pueden registrar tus cosas, hasta tu cuerpo... –comenzó a decir ella e hizo una pausa al ver la reacción de su padre–. ¿Por qué te ríes?

–¡Oh, Layla! –exclamó Fahid, secándose las lágrimas de risa–. Eso no se aplica a ti. No tendrás que preocuparte del papeleo ni del equipaje, por supuesto.

–Gracias, padre.

–Te quiero, Layla –dijo él, tomándola entre sus brazos.

–Y yo a ti –repuso ella y, cuando lo abrazó, los ojos se le llenaron de lágrimas–. Siento si te hago enfadar a veces... por favor, no pienses que es porque no te quiero.

–Lo sé.

Lo que el rey no sabía era que Layla no se estaba disculpando por el pasado, sino por lo que estaba por venir.

Capítulo 2

¡LO QUE faltaba!

Mikael no tuvo más remedio que parar cuando un policía detuvo el tráfico delante de él.

Aunque tenía mucho en lo que pensar, pues esa mañana tendría que presentar su alegación final en el juicio, puso la radio para enterarse de por qué había ese atasco. Tenía que haberse quedado en su piso en la ciudad, en vez de irse a su casa en la playa la noche anterior, se dijo. Pero había necesitado alejarse un poco de todo.

Su casa en la playa era su refugio y, asfixiado por los escabrosos detalles del caso que tenía entre manos, había sentido la urgencia de respirar un poco de aire fresco.

Pronto terminaría todo, se recordó a sí mismo.

–*Pizdet* –maldijo Mikael en ruso, cuando descubrió que la razón del atasco era la visita de una familia real a la ciudad.

Entonces, escuchó algo que decían sobre él en las noticias.

Un locutor comentó que Mikael Romanov iba a perder en esa ocasión, que no había manera de que su cliente saliera libre...

Luego, empezaron a llamar oyentes, que se dedicaron a lincharlo en directo. No a su cliente, sino a él.

–¿Qué clase de persona es ese Romanov? –preguntaba una airada mujer–. ¿Cómo puede dormir por la noche?

Bostezando de aburrimiento, Mikael apagó la radio.

Entonces, sonó su móvil y, tras ver que era Demyan, respondió.

–¿Alguna novedad? –preguntó Mikael, porque la esposa de Demyan estaba a punto de dar a luz.

–Tenemos una niña... Annika –informó Demyan, emocionado–. Es hermosa. Tiene el pelo rizado, como Alina...

–Felicidades –dijo Mikael, tras escuchar con impaciencia todos los detalles de la recién nacida–. ¿Tengo que ir a visitaros al hospital? ¿Cómo se hacen estas cosas?

Demyan rio. Sabía que su amigo no tenía concepto de la familia ni delicadeza ninguna, ya que se había criado sin padres ni nadie que lo protegiera.

–No tienes que venir al hospital. Pero, cuando termine el juicio, estaría bien que nos visitaras antes de recluirte en tu yate. Tengo muchas ganas de que conozcas a Annika.

–Eso haré –aseguró Mikael–. Las alegaciones finales terminarán mañana, luego, habrá que esperar el veredicto.

–¿Cómo va el juicio?

–Muy lento. Estos dos meses se me han hecho interminables.

Durante los juicios, Mikael solía encerrarse en su casa, lejos del mundo. Además, estaba más que harto de tener que verse con su cliente día sí y día no.

–Tu cliente es un hombre afortunado por tenerte de abogado.

—Dejemos de hablar del juicio y cuéntame más de tu hermosa niña y de tu mujer.

Cuando Demyan le había comunicado que iba a casarse de nuevo, Mikael le había sugerido hacer un acuerdo de separación de bienes en esa ocasión, teniendo en cuenta lo mal que le había ido a su amigo al divorciarse de su primera mujer.

Demyan se había negado.

Mikael no se había contenido y le había dicho a su amigo lo que había pensado, que había sido un tonto. Y Demyan le había respondido que él era un cínico.

Sin duda, lo era, reconoció Mikael para sus adentros. No creía en nada y no necesitaba ni confiaba en nadie.

Desde que podía recordar, siempre había cuidado de sí mismo. Un día, cuando había sido adolescente, Igor, un trabajador social, lo había encontrado en las calles y se había ocupado de darle una identidad, un apellido, una fecha de nacimiento y un hogar.

Igor era la razón por la que Mikael estaba dirigiéndose en ese momento al juzgado. Y era la razón por la que creía en su trabajo y en la necesidad de que todo el mundo contara con una defensa sólida. Sin ella, no podía haber justicia.

Ese día, sin embargo, no quería pensar en Igor. Aburrido, vio cómo el cortejo de coches reales pasaba a su lado. Cuando, al fin, la procesión terminó, el tráfico se restableció con normalidad.

Al llegar a los juzgados, habló con Wendy, su ayudante. Todo su mundo se había limitado a ese juicio durante demasiado tiempo y lo único que quería era que terminara cuanto antes.

A continuación, se perdería en el mar con su yate... ni siquiera quería llevar tripulación. Aunque igual sería mejor llevar a un par de criados. No tenía ninguna intención de lavar ni cocinar.

¿Quizá Mandy querría acompañarlo durante un par de días?

¿O Pearl?

Enseguida, Mikael dejó de pensar en distracciones y se sentó un momento en su despacho. Tenía que prepararse para el largo día que le esperaba y centrarse en el verdadero amor de su vida.

El Derecho.

Capítulo 3

QUIERO conducir ese coche! –exclamó Layla, señalando un deportivo plateado que relucía bajo el sol en la carretera.

–No sabes conducir –comentó Zahid, sin ocultar su sonrisa. Era agradable ver a Layla tan animada y feliz, fascinada por el mundo que los rodeaba.

–¿Cuándo podemos actuar con normalidad? –preguntó su hermana–. Estoy cansada de tanto formalismo.

–Pronto –repuso Zahid–. Cuando lleguemos al hotel, todo será más relajado.

–Podemos ir de compras –propuso Trinity.

–¿Solas, Trinity y yo? –le preguntó Layla a su hermano que, tras un instante de titubeo, asintió–. Bien. Quiero un vestido rojo, zapatos rojos y...

Su lista de deseos no terminó hasta que llegaron al hotel.

Enseguida, la realeza de Ishla y su cortejo ocuparon la última planta.

Dando vueltas nerviosa en su suite, Layla esperó a que Trinity fuera a buscarla para ir de compras.

–Deja que te peine otra vez –dijo Jamila.

–No hace falta. Puedes irte a descansar a tu cuarto.

–Esperaré a que venga Trinity.

–Retírate, Jamila –repitió la princesa. Lo único que

quería era quedarse a solas con sus pensamientos y repasar sus planes una vez más.

Con reticencia, Jamila se fue al cuarto de al lado. Layla tuvo tentaciones de cerrar el cerrojo de la puerta que las separaba, pero se recordó a sí misma que en unas pocas horas, sería libre.

Por la ventana, miró las calles ruidosas de la ciudad. Pronto iba a ser parte de la multitud que bullía en ellas.

Había taxis amarillos por todas partes. ¡Todo iba a salir bien!

—Adelante —dijo Layla cuando llamaron a la puerta.

—Layla, eres tú quien tiene que abrir desde dentro —repuso Trinity al otro lado.

—Ah.

Al ver a Layla, vestida con una preciosa túnica plateada, sandalias de pedrería y su largo pelo negro y ondulado suelto, comprendió que su belleza iría llamando la atención allá donde fueran.

—¿No quieres que...? —comenzó a decir Trinity, sin estar segura de cómo debía tratar a la hermana de su marido—. ¿No te gustaría que te prestara algo de mi ropa para ir de compras?

—¿Por qué? —preguntó Layla, arrugando la nariz.

—Me preocupa que, con lo que llevas puesto, destaques entre la multitud y llames mucho la atención.

—Pero yo siempre destaco y la gente siempre me mira. Vamos... vayamos de compras. Llevo mucho tiempo esperando este momento.

Después de dejar atrás a los guardias apostados en el ascensor, las dos mujeres salieron a la calle. Layla estaba más que acostumbrada al calor y, enseguida, tomó la delantera.

—Más despacio —dijo Trinity—. No hay prisa.

Entraron en una boutique tras otra. Sin embargo, en vez de prestarle atención a la ropa, Layla solo estaba pensando cómo podía quitarse a su acompañante de encima.

—Me gustaría probar eso —sugirió la princesa, señalando un puesto de helados.

—Y a mí.

Trinity no se apartaba de su lado y cada vez Layla estaba más impaciente. ¿Acaso no iba a dejarla sola ni cinco minutos?

—¿Adónde quieres ir ahora? —preguntó Trinity cuando se hubieron terminado los helados.

—Igual me doy un paseíto...

—Layla... —dijo la otra mujer y tragó saliva—. Le prometí a tu padre que no te dejaría sola.

—No soy una niña. Tengo veinticuatro años...

En ese momento, Trinity tuvo que agarrarla del brazo, porque iba a cruzar la calle sin mirar.

—Tienes que esperar a que el semáforo se ponga en verde para los peatones —informó Trinity—. No pienso dejarte sola. Esta tarde, puedes salir con Zahid en vez de conmigo, pero por ahora...

Cuando su inseparable acompañante se quedó callada de golpe, Layla siguió la dirección de su mirada, intrigada.

¡Perfecto!, pensó la princesa. Era su oportunidad.

—Oh, mira —dijo Layla, encaminándose a la tienda de ropita de bebé que tenía a Trinity como embrujada—. Qué bonito es todo... En Ishla no hay cosas así. Entremos.

Eso hicieron y, una vez dentro, Trinity empezó a admirar embelesada todas aquellas mantitas de bebé, los pequeños calcetines y patucos... Layla le comentó algo sobre la ropita, pero ella parecía no estar escuchando...

En ese instante, despacio, la princesa salió de la

tienda sin ser vista. Nada más pisar la calle, vio un taxi acercándose y levantó la mano para pararlo.

¡El taxi obedeció!

Sin embargo, el taxista no salió para abrirle la puerta. ¡Qué maleducado!, pensó ella. De todos modos, subió al coche y le dio la dirección de Mikael.

—Dese prisa —ordenó Layla, al ver que Trinity salía dc la ticnda para buscarla.

—¡Layla, espera!

—Estaré bien, Trinity, no te preocupes —gritó la princesa y, por la ventanilla abierta, le tiró una carta en un sobre cerrado—. ¡Dásela a Zahid para que la lea y no se lo cuentes a mi padre!

Sin poder evitarlo, Layla se sintió un poco mal por estropearles la luna de miel. Pero no debía sentirse culpable. Su hermano había disfrutado de casi dos décadas de libertad cuando había vivido en Inglaterra. Y Trinity había tenido toda una vida de libertad.

Ella solo quería una semana.

El día de Mikael había ido de mal en peor. Con rostro impasible, había escuchado los sensibleros argumentos del fiscal. Un par de miembros del jurado, conmovidos, habían roto al llorar. Sin embargo, en ese momento, la acusación lo había sorprendido con algo con lo que no había contado.

Sin mostrar su sorpresa en público, se había dicho que, al día siguiente, cuando fuera su turno, respondería a ello sin piedad.

—Estoy perdido, ¿verdad? —le preguntó su cliente cuando iban a llevarlo de vuelta a su celda.

—No hemos terminado todavía —contestó Mikael, sin

dar más explicaciones. Su trabajo no consistía en tranquilizar a sus clientes, ni en hacer amistad con ellos. Solo debía ofrecerles la mejor defensa posible.

En la puerta de los juzgados, la prensa estaba esperándolo con sus preguntas habituales. Como siempre, él los ignoró. Solo quería encerrarse en la soledad de su despacho y trabajar sobre lo que se había dicho ese día.

—¡No me preguntes! —advirtió Mikael a su ayudante, al llegar a la oficina.

Ambos sabían que la cosa no iba bien y que iba a tener que quedarse toda la noche trabajando en los detalles finales, antes de dar su discurso de cierre al día siguiente.

—No sé cómo decirte esto... —balbuceó Wendy—. Una dama ha venido a verte.

—No tengo tiempo para ver a nadie.

—Mikael, he intentado deshacerme de ella... —aseguró Wendy con una risa nerviosa—. Nunca había conocido a nadie como ella. No acepta un no por respuesta. ¡Hasta he tenido que pagarle el taxi porque no tenía dinero y el taxista iba a llamar a la policía!

Mikael miró a su eficiente ayudante, extrañado. Nunca la había visto así, rendida. La había contratado precisamente por su capacidad para lidiar con toda clase de gente difícil.

—¿Dónde está?

—Está esperándote en tu despacho.

—¿Qué? —replicó él, todavía más sorprendido de que la desconocida hubiera logrado traspasar la barrera de la sala de espera—. ¿Cómo se llama? —quiso saber, intrigado.

—No quiere decírmelo, ni tampoco me ha dicho qué quiere. Dice que solo hablará contigo en persona.

—De acuerdo —dijo él—. No te preocupes. Lo resolveré.

Mikael entró en su despacho sin prestar atención a

la mujer que había parada ante su ventana y se fue directo al mueble bar.

Sin embargo, sin querer, le pareció percibir algo tan bello como la luna llena. Quizá fuera un destello de luz en su vestido plateado o su cuerpo esbelto y espigado...

—¡Señor Romanov! —llamó ella, exigiéndole atención.

—Oh, lo siento... —repuso él con tono burlón, dándole la espalda mientras se servía un vaso de agua con gas—. ¿No recibes la suficiente atención?

—Espero ser recibida con cortesía.

—Bueno, para eso tenías que haber pedido una cita.

Mikael se volvió hacia ella y, cuando la miró, se quedó anonadado por su belleza. Tenía unos ojos enormes, un rostro exquisito, el pelo largo y brillante. Al parecer, no llevaba maquillaje. Era la primera mujer que lo dejaba impresionado... tanto que cuando ella le tendió la mano, él le entregó su bebida.

¿Por qué había hecho eso?, se reprendió Mikael a sí mismo, mientras se giraba hacia el mueble bar para servirse otro vaso.

—Soy la princesa Layla de Ishla —se presentó ella, pensando que, quizá, si él sabía con quién estaba tratando, sería más educado.

—No me digas.

Layla se quedó callada.

—Entonces, tú eres la razón de que casi llegue tarde esta mañana.

—¿Cómo dices?

—El cortejo real detuvo el tráfico. Mira, no sé qué problema tienes y no quiero saberlo. Estoy en medio de un caso muy complicado y tengo que irme enseguida.

—Lo sé todo sobre tu caso, pero necesito que hables con mi hermano. Quiero que le digas que voy a tomarme una semana libre de mis deberes reales y que no debe buscarme ni informar a mi padre.

—¿Por qué no se lo dices tú?

—Se lo he escrito en una carta que debe de estar leyendo ahora. Pero necesito que se lo reiteres —señaló ella—. Si hablo con él en persona, me pondría muy emotiva y puede que me convenciera para no seguir con mi plan... por eso quiero que lo hagas tú por mí.

—Necesitas un embajador.

—No me gustaría tener que ir a la embajada. Prefiero ser discreta. Pero, si tengo que hacerlo, lo haré.

Cuando Mikael percibió el tono de advertencia en su voz y vio el fuego de sus ojos, comprendió por qué Wendy no había podido detenerla.

Sin embargo, él no se dejaba manipular por nadie.

—Como te acabo de decir, estoy ocupado con un caso. No puedo encargarme de nada más.

—Solo harás una llamada de teléfono por mí —insistió ella—. Pero, primero, haz que nos traigan un tentempié. Llevo toda la tarde de compras.

Mikael sonrió, tras un instante de estupor.

¿Cómo podía ser tan osada?

—¿Quieres que te pida comida antes de hacer tu llamada?

—Algo ligero nada más —asintió ella—. Igual un poco de fruta y algo dulce.

Mikael se sacó del bolsillo un paquete de caramelos de menta.

—Aquí tienes tu tentempié.

Layla tomó uno y se lo metió en la boca, saboreándolo con placer.

—Me gusta.

A Mikael también le gustaba. ¡Y mucho!

Capítulo 4

UNA llamada de teléfono –dijo él.

Sin embargo, Mikael sabía que aquello no iba a solucionarse solo con una llamada. Había aceptado hacerlo solo porque Layla le había hecho sonreír por primera vez en muchas semanas.

Tras abrir las cortinas, la invitó a tomar asiento.

–Primero...

–Te daré algunos detalles –lo interrumpió ella.

–No –negó él–. Primero tenemos que hablar de mis honorarios.

–¿Quieres que te pague por adelantado?

–Claro que sí.

–Tengo esto.

Mikael era experto en mantener una expresión impasible, de hecho, podía haber sido un gran jugador de póker. Pero, cuando Layla se sacó del vestido una piedra del tamaño de un pisapapeles, no pudo evitar arquear las cejas, atónito.

–Se llama Opium. Es un raro rubí negro que me regaló el rey de Bishram cuando nací. Supongo que vale bastante.

Mikael no dijo nada. Se quedó mirando la piedra, que era casi tan hermosa como su propietaria. Y se la imaginó caminando por la calle con eso en el bolsillo. Tras un largo silencio, tomó la joya y decidió guardarla en la caja fuerte por el momento. Luego, volvió a sentarse ante la princesa.

—¿Qué esperas lograr con esa semana?

—Hay algunas cosas que me gustaría hacer antes de casarme.

—¿Como cuáles?

—No son asunto tuyo. Solo quiero una semana de libertad, lejos de mi familia.

—¿Para hacer qué? —insistió él. Si voy a llamar a tu hermano, tengo que saber lo que pretendes hacer.

—Me gustaría bailar —confesó ella—. Está prohibido en Ishla. Y me gustaría tomarme un café irlandés...

—Hay otras bebidas... —comentó él con una sonrisa socarrona.

—Mi hermano mencionó el café irlandés en una ocasión, hace años. Me pareció muy apetecible eso de que la crema se quedara arriba.

—¿Y qué más?

Layla lo miró a los ojos. Por primera vez en su vida, se sintió un poco... intimidada. Lo cierto era que nunca había contado con que Mikael rechazara su petición. Además, el efecto de su sonrisa le había provocado una extraña inquietud.

Por supuesto, ella no iba a contarle todas las aventuras que pensaba vivir... aunque, sin poder evitarlo, posó los ojos en los labios de él y se los imaginó besándola. De inmediato, subió la vista.

—No te conozco lo bastante como para contártelo —explicó ella.

—¿Cuánto tiempo llevas planeando esto?

—Bastante.

—¿Tu familia no adivinó que ibas a escaparte?

—No.

–Estás muy segura de ello.

–Sí –afirmó ella–. Hace mucho tiempo, aprendí que solo me trae problemas contar a los demás lo que pienso.

–Aquí puedes ser sincera. Practico el secreto profesional.

Layla asintió, aunque su mirada delataba sus dudas.

–Hace unos meses, intenté que mi hermano me llevara a una boda a Londres, pero él se negó. Yo había pensado escaparme allí.

Un hombre inteligente, su hermano, se dijo Mikael y sintió cierta incomodidad al imaginársela suelta en Londres. Percibía una gran inocencia tras su arrogancia, algo que la hacía muy vulnerable.

–¿Cómo reaccionará tu familia?

–Depende –contestó ella–. Le he dejado muy claro a mi hermano en la carta que no debe informar a mi padre de nada. Si lo hace, mi padre no tendrá más remedio que declarar un incidente internacional. Podemos evitarlo si convences a mi hermano de que estaré a salvo y regresaré al hotel dentro de una semana.

–¿Y tu madre?

–Por lo que sé de ella, estaría de acuerdo conmigo.

–¿Por lo que sabes?

–Está muerta, aunque me han dicho que somos muy parecidas. Por eso, creo que ella aprobaría mis planes.

–¿Dónde vas a quedarte? –preguntó él–. ¿Tienes amigos...?

–Tú te ocuparás de eso.

–Solo iba a hacer una llamada –le recordó Mikael.

–Dos –le corrigió ella con una sonrisa–. Tienes que asegurarte de que me quede en algún sitio agradable y llevarme allí. No pienso tomar otro taxi. Era un tipo muy grosero.

—Quizá porque no le pagaste. Le pediré a Wendy que te reserve una habitación y que te lleve.

Siguieron hablando de más detalles. Layla tenía veinticuatro años, no padecía ninguna enfermedad y no tomaba medicación ninguna. Sobre todo, Mikael quería estar seguro de que, si la ayudaba, no pondría su vida en peligro.

Físicamente, parecía sana, sí. ¿Pero y mentalmente?

—Creyeron que había tenido una crisis nerviosa en una ocasión, pero no fue así —afirmó ella.

Tenso, Mikael se preparó para la siguiente sorpresa.

—Iba a elegir marido, cuando empecé a temblar y a gritar y me caí al suelo. El médico de palacio le dijo a mi padre que había sido un ataque provocado por la ansiedad. Pero no fue eso. Lo que pasó fue que estaba furiosa.

—No intentes engañarme —le advirtió él—. No me gustan los trucos.

—No es un truco.

—Ay, Layla, estoy seguro de que eres experta en ellos —adivinó él, meneando la cabeza—. ¿Por qué me has elegido a mí?

—Porque no te dejas manipular por los sentimientos y no te importa lo que piensen los demás.

—¿Cómo sabes eso?

—Te odia mucha gente por defender a esos tipos —indicó ella, encogiéndose de hombros—. Aun así, no pareces un hombre que pierda el sueño por la noche. Bueno, ¿estoy perdiendo el tiempo o vas a hacer esa llamada?

—Layla...

—Princesa Layla.

—Te sugeriría que, si quieres pasar desaparecida durante una semana, prescindas de tu título.

—Señor Romanov...

–Mikael –le corrigió él.

–Mikael, me gustaría que hablaras ahora con mi hermano.

–Muy bien. Pero tienes que comprender que estoy cerrando un caso muy complejo. Haré esa llamada y te irás a un hotel –advirtió él y cerró los ojos un momento–. No tengo tiempo para ser tu niñera.

–De acuerdo.

Cuando Layla esbozó una amplia sonrisa, Mikael se quedó sin respiración.

–Lo que menos deseo es que me vigilen.

Layla no tenía teléfono, pero tenía el número de Zahid. Mikael bloqueó el número de su móvil, para que no pudieran localizarlo, e hizo la llamada.

Sin dar su nombre, el abogado explicó que hablaba en representación de Layla y que el plan de la princesa de pasar una semana sin su familia era comprensible.

–No lo entiendes –empezó a decir Zahid.

–Entiendo que las leyes de tu país sean distintas, pero...

–No conoces a Layla –lo interrumpió el príncipe con tono cortante–. Ella no puede desenvolverse sola.

–Tiene veinticuatro años.

–Durante esos veinticuatro años, se lo han hecho todo. Todo –reiteró Zahid.

–Bueno, a mí me parece una joven capaz e independiente.

–¿Puedo hablar con ella?

Mikael posó los ojos en Layla, que estaba rígida en su silla, con los labios apretados.

–Tu hermano quiere hablar contigo.

En vez de negarse, como Mikael había esperado, la princesa asintió.

–No tienes por qué hacerlo, si no quieres –señaló

Mikael pero, cuando ella tendió la mano para tomar el teléfono, se lo dio–. Recuerda no decirle mi nombre.

Layla había tenido razón al encargarle hacer la llamada porque, mientras hablaba con su hermano en árabe, quedó claro que ella no sabía controlar sus emociones. Lloró y gritó un buen rato, hasta que, de pronto, volvió a hablar en inglés.

–No, Trinity, no acepto lo que Zahid acaba de decirme. Sí, he estropeado vuestra luna de miel... ¿Pero sabes qué? Yo nunca tendré una noche de bodas feliz. Sé que seré una desgraciada después de casarme. Al menos, vosotros tenéis el resto de vuestras vidas para ser felices...

Mikael abrió los ojos, admirado. Una sonrisa le salió del corazón, la segunda en muchos meses.

–¿Qué tiene que ver tu embarazo con mi vida? ¿Tengo que dejar de lado mi única oportunidad de ser libre porque estás encinta? –increpó Layla al teléfono y soltó una risa llena de incredulidad–. No me había dado cuenta de que fueras tan delicada, Trinity. Pásame a mi hermano, ya que no puedes sobrellevar la vida real durante los seis próximos meses.

Mikael siguió escuchando mientras la princesa respondía a Trinity, quien sin duda estaba suplicándole que volviera antes de que la situación fuera a peor.

–Creo que una semana de libertad no es mucho pedir –afirmó Layla–. Y te lo advierto, si se lo cuentas a mi padre o si intentáis buscarme, seguiré el consejo de mi abogado e iré a la embajada –añadió y le entregó el teléfono a Mikael–. Mi hermano quiere hablar contigo.

–Seas quien seas... por favor, cuida de ella –rogó Zahid sin perder los nervios, aunque sus palabras estaban impregnadas de tensión.

Justo cuando iba a responderle que eso no entraba dentro de sus obligaciones, el abogado posó los ojos en Layla. ¿Cómo iba a dejarla sola en la calle?

—Estará bien —aseguró Mikael.

—Dame tu palabra.

—Oye, tú no eres mi cliente.

—Seré yo quien pague tus honorarios —aseguró Zahid.

Sin decir más, Mikael colgó y lanzó el teléfono sobre la mesa.

—Me vas a traer problemas —observó él—. Muchos problemas.

—Lo sé —reconoció ella y sonrió.

Capítulo 5

D ÓNDE podría esconder a la princesa fugitiva?, se preguntó Mikael.

—¡Déjalo! —advirtió él, cuando Layla iba a tocar el tablero de ajedrez electrónico donde llevaba días jugando una partida. Era su forma de distraerse cuando trabajaba en un caso.

—¡Pero puedes hacer jaque mate!

—¡Layla! ¡Déjalo! —ordenó él, acercándose con grandes zancadas.

Cuando Mikael levantó un dedo de advertencia hacia la cara de la princesa, ella hizo ademán de morderlo y sonrió.

Era un pequeño animal salvaje.

Hacía unas horas, el sexo había sido lo último que él había tenido en la cabeza. Sabía que lo tendría cuando terminara el juicio. Durante los meses que había estado recluido trabajando en el caso apenas había tenido relación con el mundo.

Sin embargo, en ese momento, solo podía pensar en el sexo. Y su cuerpo estaba reaccionando de la misma manera que su mente.

—Vamos —ordenó él con tono brusco y abrió la puerta de su despacho—. Wendy... —comenzó a decir, mientras Layla lo seguía. Pero se dio cuenta de que sería más fá-

cil llevarla él mismo al hotel que explicárselo todo a su
ayudante, así que se fueron directos a su coche.

–¡Este es tu coche! –exclamó ella con admiración–.
¡Es precioso!

–Gracias.

–Me gustaría conducirlo.

–Si lo haces, tendría que matarte.

–Eres mucho más amable que el taxista.

Mikael entró en el vehículo e hizo una rápida llamada
a su hotel favorito, donde reservó la suite de lujo en la
que siempre solía quedarse.

–Bien, te he hecho una reserva en un hotel. Yo lo pagaré. Ya ajustaremos cuentas después.

–Tienes la piedra.

–Sí –afirmó él y, suspirando, intentó imaginarse can-
jeando el raro rubí por dinero–. Ponte el cinturón.

–¿Perdón? –replicó ella, frunciendo el ceño–. El taxista me dijo lo mismo.

–¿Y lo hiciste?

Era obvio que no.

–Es necesario.

Pensando que era más fácil ponérselo él mismo, Mikael se inclinó hacia ella. Sin embargo, cuando iba a tirar
del cinturón, la princesa empezó a reírse como si le estuviera haciendo cosquillas. De pronto, su exótico y sensual aroma lo envolvió.

–¿Qué estás haciendo? –preguntó ella, sin dejar de
reír.

–Poniéndote el cinturón –contestó él y continuó con
su tarea, tratando de ignorar su olor y el sonido de su
risa–. ¿No usáis cinturones de seguridad en Ishla?

–Yo, no –informó ella–. Lo mismo me pasó en el
avión. Aunque no fue tan divertido como esto.

Mikael no dijo nada. Se limitó a conducir hacia el hotel, mientras sentía los ojos de ella clavados en él.

—No eres muy feliz, ¿verdad?

—No es necesario en mi trabajo.

—Ahora no estás trabajando.

—Sí, Layla —repuso él—. Lo estoy. Créeme, habría sido mucho más barato contratar una limusina con chófer y con un mono amaestrado para entretenerte pelándote uvas que hacer que yo te lleve —señaló—. Ya lo verás cuando te pase la cuenta.

—¡Quiero ese mono! —exclamó ella e hizo un puchero ante el silencio de él—. No te ha hecho gracia mi broma.

—No sabía si hablabas en serio —admitió él, aunque la miró con una breve sonrisa—. Era muy buena, de todas maneras.

Cuando llegaron al hotel, Mikael le dio las llaves del coche al portero y le dijo que volvería enseguida. A continuación, acompañó a Layla a recepción.

—Te llevaré a tu habitación y, luego, me iré a seguir trabajando.

—Bien.

Entonces, Mikael se dio cuenta de que todo el mundo estaba posando sus ojos en Layla. Mientras le explicaba al recepcionista que no tenía equipaje y la registraba con su apellido, ella comenzó a caminar hacia una de las boutiques del vestíbulo.

—Perdone un momento —le dijo Mikael al recepcionista, antes de dirigirse a la boutique en cuestión.

—¡Me gusta! —afirmó ella, sosteniendo en la mano un zapato de tacón alto. Se sentó y se quitó las brillantes babuchas, luego, le tendió el pie a Mikael, mientras la dependienta estaba ocupada con otra cliente.

Hasta sus pies eran bonitos, se dijo él. Largos y suaves e... irresistibles porque, sin pensarlo, se encontró a sí mismo calzándole el zapato que le había gustado.

—¡No me vale!

—Eres como Cenicienta, pero al revés.

—¿Por qué no me vale? —quiso saber Layla. En Ishla, todos sus zapatos estaban hechos a mano y le quedaban a la perfección.

—Aquí no todo gira a tu alrededor —repuso él—. Vamos, ven.

—Pero quiero...

—Layla —repitió él, perdiendo la paciencia, y la condujo a los ascensores—. No tengo tiempo para llevarte de compras. Mañana tengo que dar el discurso final de la defensa... —intentó explicarle, mientras introducía la tarjeta en la ranura del ascensor—. Tienes que usar esto para tomar el ascensor y para entrar en tu suite.

—Gracias.

—Piso veinticuatro —indicó él.

—¿Qué tal te ha ido hoy el juicio?

—No muy bien.

—Debe de ser muy difícil defender a alguien.

—Para mí, no —repuso él, encogiéndose de hombros.

—Es un caso interesante. La defensa se basa en el silencio de la víctima.

—Has estado siguiéndolo —adivinó él, sin poder creerlo.

—Claro —afirmó ella—. Quería saber con quién me iba a enfrentar.

Mikael le mostró dónde estaba todo en la suite y señaló el teléfono.

—Si necesitas algo, llama...

—A ti.

—No, a recepción.

–¿Y si necesito hablar contigo?

–Por favor, no necesites hablar conmigo –pidió él y, con reticencia, le escribió su número personal de teléfono en el cuaderno de notas que había sobre una mesa–. Solo para casos de emergencia –advirtió él.

Pero la princesa no lo estaba escuchando. Estaba parada ante la ventana, con los ojos iluminados por las luces de la ciudad. De pronto, Mikael comprendió la preocupación de Zahid por su hermana. ¿Cómo diablos iba a manejarse ella sola ahí fuera?

–¿Puedo pedirte que no salgas esta noche?

–¿No pensarás que he hecho todo esto para quedarme en mi habitación? –replicó ella con tono burlón.

–Layla, tengo un caso importante entre manos –repitió él, soltando un suspiro–. Pero mañana te sacaré a dar una vuelta.

–¿De verdad?

–O pasado mañana.

Layla miró al techo.

–Buenas noches, Mikael. Gracias por ayudarme con mi hermano. Puedes retirarte.

Sin poder sacársela de la cabeza, Mikael regresó a su oficina y se pasó casi oda la noche trabajando en su discurso final. Repasó una y otra vez todos los hechos, buscando algo a lo que agarrarse.

Desde el principio, había sabido que lo único que tenía a su favor era el silencio de la víctima. Solo en eso podía apoyar su defensa, tal y como había señalado Layla.

Cuando se fue a la cama, solo le quedaban un par de horas para descansar un poco. Sin embargo, su mente voló hacia Layla y se preguntó qué estaría haciendo en la gran ciudad.

No era su problema, se dijo.

Pero no podía dormir. Inquieto, llamó al hotel y preguntó qué se había cargado en la cuenta de su habitación por el momento.

Varios cafés irlandeses, productos de aseo, dos manzanas peladas y cortadas, le informaron, para empezar. Luego, la recepcionista añadió que también se habían cargado a la cuenta vestidos y zapatos y que el taxi estaba a punto de llegar.

–Cancele el taxi.

Maldiciendo, Mikael preparó su maletín de trabajo y se dirigió a su coche. Atravesó las calles de la ciudad como un rayo, llegó al hotel y subió a la planta veinticuatro, donde se topó con Layla a punto de subir al ascensor.

–¿Adónde crees que vas?

–Voy a buscar a mi chófer...

Mikael intentó no prestar atención a lo hermosa que estaba con aquel vestido rojo ajustado, ni recordar lo suaves que eran sus pies, cuando los vio calzados con unas sandalias de tacón. Luego, levantó la vista a los ojos de ella, que estaban un poco desorbitados.

–¡Estás borracha!

–¿Sí? –repuso ella, satisfecha consigo misma.

–No vas a salir esta noche –ordenó él, impidiéndole el paso al ascensor.

–No puedes detenerme.

–Llamaré a tu hermano, si no me haces caso –advirtió él–. No pienso hacer de policía contigo.

Mikael la hizo retroceder hasta su suite y, nada más entrar, se sacó el teléfono del bolsillo. Había copas por todas partes, y vestidos y zapatos. Estaba claro que Layla había decidido divertirse a lo grande.

—¡No vas a llamar a Zahid! —gritó ella—. Soy adulta y puedo tomar mis propias decisiones.

—Bien —le espetó él—. Pero te advierto que sería una estupidez salir en ese estado —añadió, furioso. Sin embargo, cuando se dio media vuelta para irse, fue incapaz de hacerlo—. ¿Dónde pensabas ir esta noche?

—Quiero ir a una discoteca... a bailar.

—¿Con...? —preguntó él y, al mirarla, quiso estar furioso. Pero no pudo. Solo tuvo tentaciones de reír. ¿Qué se había hecho ella en la cabeza? Era un peinado un poco raro—. ¿Tienes dinero, Layla?

—No.

—¿Tienes idea de los problemas que podrías buscarte?

Ella lo miró, callada.

—Mi cliente no es el único cerdo que hay ahí fuera.

—Mikael...

—No, tienes que escucharme.

—Mikael, ¡ayúdame! —pidió ella y, poniéndose pálida, se llevó la mano a la garganta—. Creo... creo que voy a...

Él la llevó al baño justo a tiempo.

Nunca en su vida había hecho Mikael algo así y no pensaba volver a hacerlo, se dijo, sujetándole el pelo mientras ella vomitaba.

—Debería llamar a tu hermano.

—Lo sé —repuso ella—. Pero no lo harás.

Sí, debería llamar a Zahid, se repitió Mikael. Aunque, en vez de hacerlo, empezó a prepararle un baño a Layla.

Si él había estado preocupado por ella, Zahid debería estar volviéndose loco, caviló. Tal vez, podía ponerle un mensaje de texto para tranquilizarlo, decidió.

Solo para que lo sepas, Layla está bien.

–Date un baño y lávate el pelo. Luego, deberías dormir.

–¿Puedes llamar a alguien para que me lave?

–¿Lavarte?

Layla no tenía ni idea de cómo hacerlo.

–Te diré algo... –comenzó a decir él, mientras le extendía el jabón en el pelo, furioso. Había insistido en que Layla se bañara con la ropa interior puesta, aunque tampoco eso ayudaba mucho–. ¡Estás completamente...!

Antes de terminar la frase y decirle que era una malcriada, Mikael se interrumpió y lo pensó mejor. Ella no tenía la culpa de que siempre le hubieran dejado salirse con la suya.

–Ya está. Ya tienes el pelo limpio.

–Jamila me pone aceite después de aclarármelo.

–Ya está –volvió a decir él poco después–. Tu pelo está limpio y acondicionado. Ahora... te ayudaré a salir del baño. Te secarás sola y te pondrás un albornoz.

–De acuerdo.

Mientras la ayudaba a salir, Layla se apoyó en él y lo empapó.

–Me sigo sintiendo un poco... –empezó a decir Layla, sin saber cómo describirlo–. Creo que me gustas. O no sé si eso es gustar... me siento un poco extraña... –continuó, pero él estaba saliendo del baño–. ¿Adónde vas?

–A trabajar. Así me gano mi dinero.

Layla se dio cuenta de que estaba enfadado.

Pero seguía siendo encantador.

Ni siquiera la había mirado cuando la había ayudado a salir del baño.

–Sé que esta noche no me he portado bien... Lo que pasa es que estoy emocionada...

–Tienes que dormir –insistió él–. Y yo tengo que pensar en qué diablos voy a hacer contigo.

Con resignación, Mikael se sentó en el sofá de la sala de estar y encendió su portátil, mientras ella se iba al dormitorio.

–Las criadas no me han puesto camisón.

Mikael cerró los ojos un instante. Layla era la persona más agotadora que había conocido.

–Duerme con el albornoz.

–Pero está mojado. Si duermo con ropa mojada, me resfriaré.

–Eso son cuentos de viejas.

–No te entiendo.

Sin saber cómo, minutos después, Mikael estaba desnudo de cintura para arriba, mirando las largas piernas de la princesa mientras se iba en la cama con su camisa puesta.

–¡Mikael! –llamó ella desde el dormitorio–. ¿Vas a salir conmigo mañana por la noche?

Él no respondió.

–Mikael...

–Layla, ¿de verdad que ves un jaque mate en la partida? –preguntó él, mirando la pantalla del ordenador, donde tenía desplegada su partida de ajedrez.

Hubo un silencio.

–Quiero la verdad. ¿Sí o no?

–No.

Cuando ella empezó a reír, Mikael sonrió. De todas maneras, le cargaría en la cuenta los veinte minutos extra que se había pasado intentando buscar ese jaque mate en su partida.

–Duérmete, Layla.

Al final, ella se durmió y él pudo continuar con su trabajo. El sonido de su suave respiración al otro lado de la puerta era bastante relajante...

Capítulo 6

LAYLA se despertó envuelta en el delicioso aroma de Mikael.

O, mejor dicho, de su camisa. Recordó cómo él la había bañado y lo enfadado que había estado, aunque nunca había dejado de ser amable con ella. También se acordaba de que le había dicho que le gustaba.

Y era verdad.

Aunque no tenía sangre real, Mikael sería su pareja durante los seis días que le quedaban, decidió.

Incorporándose, tomó el teléfono y pidió manzana cortada en finas lonchas, un poleo y agua con gas. Luego, se levantó y se dirigió al salón, donde Mikael estaba dormido en un sofá.

Parecía un hombre diferente dormido, pensó ella.

Ya no tenía aspecto enfadado y una pequeña sombra de barba le pintaba la barbilla.

Su cuerpo era tan hermoso como su rostro, observó. Tenía la piel pálida y los pezones igual de rojos que los labios. Le gustaba su vientre plano y el camino de vello que se dibujaba desde su ombligo hasta más abajo de la cintura del pantalón... Sintiéndose culpable, se dijo que no debería mirar esa parte de su anatomía y volvió a posar los ojos en su rostro.

En ese momento, Mikael se despertó y, de pronto, su expresión se tiñó de alarma.

—Buenos días —saludó ella con una sonrisa.

—¿Qué hora es? —preguntó él, lleno de pánico.

—¡La hora del amanecer! —contestó ella y, cuando hubo una llamada en su puerta, fue a abrir para que entrara el carrito con el desayuno.

—¿Has pedido el desayuno?

—No, solo algo para aclararme el paladar... Tengo la boca muy seca.

—Seguro que sí —murmuró él, viendo cómo mordisqueaba la manzana.

—Es precioso —señaló ella, mirando por la ventana hacia la ciudad—. Estoy pensando qué hacer hoy.

—Yo ya lo he decidido —repuso él y se bebió de un trago el vaso de agua con gas que había en la bandeja—. Vendrás conmigo al trabajo. Puedes sentarte en la zona del público.

—¿De veras? ¡Qué emocionante!

—Y tendrás que comportarte y estar callada.

—Sé cómo hacerlo.

Intentando no pensar si ella se había puesto ropa interior bajo la camisa, Mikael trató de decidir qué ropas serían lo bastante discretas como para que fuera al juzgado.

—Tenemos que camuflarte un poco —indicó él y tomó el teléfono para llamar a recepción.

—¿Por qué?

—Porque no queremos que tu hermano te encuentre... Además, hoy me toca a mí ser el protagonista.

—Oh, Mikael... —dijo ella, sonriendo—. Estoy deseando ir contigo.

Enseguida, les llevaron a la habitación una selección de conjuntos para Layla y una bandeja con café.

—Tengo hambre —se quejó ella, saliendo del dormitorio con un sencillo vestido color azul marino.

—Desayunaremos fuera —informó él, pensando en llevarla a su café favorito, donde siempre comía cuando tenía un juicio—. Ese me gusta.

—Pues póntelo tú —replicó ella, frotándose la nariz—. A mí me hace sentir una mujer corriente.

Después de elegir otro conjunto, Layla volvió al dormitorio. Al final, optó por una falda corta con una chaqueta de lino gris y blusa plateada.

—Estoy lista —afirmó ella al salir del dormitorio, calzándose sus sandalias plateadas.

No había manera de hacer que Layla no llamara la atención. Se pusiera lo que se pusiera, era una mujer de belleza impresionante, observó él para sus adentros.

—¿No quieres ponerte maquillaje? —preguntó Mikael. ¿Acaso no era eso lo que hacían todas las mujeres? Aunque ella era diferente, eso estaba claro...

—No. Solo me pondré maquillaje para mi futuro marido. Vamos, Mikael. Si no como pronto, me desmayaré.

La cafetería favorita de Mikael era un bonito local cerca de los juzgados, que solía ser frecuentado por sus colegas también. Sin embargo, esa mañana, justo antes del cierre del juicio, todos sabían que él prefería no hablar con nadie.

—Está cerca del hotel donde se alojan Trinity y mi hermano —comentó ella.

—¿Entiendes ahora por qué quería que te cambiaras de ropa? —señaló él y, cuando ella asintió con preocupación, añadió—: No te preocupes. Aunque nos los encontremos, tú tendrás tu semana de libertad.

Todos se giraron para mirarlos cuando entraron en el café. No solo porque Mikael estuviera con una mujer, sino porque aparecía acompañado en el último día del juicio y porque ella era hermosísima.

Layla entró sonriendo y saludando a todo el mundo con el que cruzaba la mirada, aunque le sorprendió que nadie le respondiera.

–¿Estás nervioso por el juicio? –preguntó ella pero, antes de que pudieran seguir hablando, el camarero les llevó las cartas–. No sé leer ni escribir en inglés –confesó con una sonrisa, rechazando la carta.

El camarero, Joel, estuvo a punto de caerse de espaldas cuando Layla le sonrió.

–Yo pediré por los dos –decidió Mikael, cuando vio que Joel parecía deseoso de leerle la carta de cabo a rabo a Layla–. Fruta y pastas. Y dos cafés. Para mi invitada, un capuchino, para mí, un doble solo.

Cuando les hubieron servido, la princesa alabó el sabor del café, apreciando el toque de chocolate sobre la leche espumada.

–No me has respondido –comentó ella cuando el camarero se hubo ido–. ¿Estás nervioso por el juicio?

–Nunca estoy nervioso.

–¿Nunca?

–No. Estoy preparado para el juicio.

–¡Genial! Empezaré mi semana de diversión escuchando tu discurso de defensa. ¡Lo estoy deseando!

–Layla... –comenzó a decir él, pensando que igual no había sido tan buena idea–. Algunas cosas que voy a decir hoy... algunas cosas que puedes escuchar...

–¡No pasa nada!

–Sí pasa... –afirmó él con un suspiro. Su intención era desacreditar a la difunta para defender a su cliente. No era un día especialmente indicado para ganarse la admiración de su público.

–He estado siguiendo el juicio –le recordó ella, quitándole importancia–. Sé lo que hizo ese hombre.

–De lo que se le acusa, querrás decir.

Layla se limitó a encogerse de hombros.

–¡Deberían echárselo a los perros! –opinó ella, levantando la vista hacia él–. Y, en mi país, no es solo una forma de hablar.

De pronto, se hizo el silencio en la cafetería y sucedió lo imposible.

Mikael Romanov se rio.

A las siete de la mañana, poco antes de que diera comienzo el último día del juicio.

–Bueno, aparte de bailar y emborracharte, ¿qué más tienes en tu lista de deseos? –preguntó él.

–Ah... –repuso ella y sonrió–. Esto.

–¿Qué?

–Esto está en mi lista. Quería comer en un restaurante con un hombre atractivo. Pero mi plan era hacerlo por la noche y dándonos la mano.

–Esto es una cafetería –puntualizó él–. Y yo no como dando la mano a nadie. ¿Qué más?

–No pienso decírtelo –negó ella, metiéndose una cucharada de arándanos en la boca.

–Vamos, dímelo.

–Si me llevas a bailar esta noche, te contaré un poco más.

–No voy a salir a bailar hasta que el jurado dé su veredicto. Y, seguramente, tú ya te habrás ido para entonces.

–Entonces, nunca lo sabrás –replicó ella, encogiéndose de hombros.

–¿Y si cenamos esta noche?

–¿En un sitio romántico?

–No me gusta el romanticismo.

–Vaya –dijo ella–. Peor para ti. Puede que tenga que buscar a otra persona para satisfacer mis deseos.

Cuando llegaron a los juzgados, Wendy se llevó a Layla, mientras Mikael se retiraba a su despacho para ducharse, ponerse un traje limpio y concentrarse a solas durante un rato. Revisó todo lo que iba a hacer, las palabras que iba a utilizar para sembrar la duda sobre la culpabilidad de su cliente.

Cuando empezó el juicio, ella estaba allí, entre el público, sonriéndole.

Con su toga negra, Mikael estaba todavía más irresistible que cuando lo había visto en aquel vídeo en su ordenador, antes de salir de Ishla, pensó Layla.

Al escuchar su voz profunda y grave en el alegato final, se le puso la piel de gallina, mientras lo contemplaba hipnotizada.

En varias ocasiones, Mikael deseó que ella no estuviera allí, pues lo que tenía que decir no era bonito.

Se oyeron varios gritos sofocados entre el público cuando la defensa recordó al jurado que, según el testimonio de un antiguo novio de la víctima, esta tenía gustos masoquistas.

No era de extrañar que muchos lo odiaran, reconoció él para sus adentros, mientras los fotógrafos de la prensa disparaban sus flashes.

–Mi cliente nunca ha negado que tuvo sexo con la fallecida antes de que se cayera por las escaleras –continuó la defensa–. Ni ha negado que fuera un sexo violento. Pero fue consentido por ambas partes.

Mikael no miró hacia el público cuando el juez ordenó a los guardias que sacaran a uno de los espectadores por gritar obscenidades contra el abogado.

—Una cosa son las emociones —prosiguió Mikael, mirando al jurado y señalando un momento hacia el público furioso—. Y otra son los hechos.

En la pausa para comer, Layla esperó que fuera a buscarla para poder decirle lo bien que lo estaba haciendo, pero no lo vio por ninguna parte.

—¿Dónde está Mikael? —le preguntó la princesa a Wendy.

—Acaba de enviarme un mensaje de texto para pedirme que te lleve a comer.

—Ah.

—¿Qué te apetece? —preguntó Wendy al llegar al café.

—Lo mismo que ese hombre.

—¿Hamburguesa?

Layla asintió.

—¿Con todo?

Aunque no tenía ni idea de a qué se refería, Layla asintió.

A pesar de que la compañía era mejorable, fue la mejor comida que la princesa había probado en su vida. Luego, volvieron a los juzgados para ver a Mikael en acción.

—Mi cliente ha admitido que estaba enfadado porque ella hubiera salido hasta tan tarde, que llegó borracha y que discutieron. Las discusiones son algo normal, igual que tener sexo para arreglar las cosas después.

Las cámaras volvieron a disparar como locas.

Uno por uno, Mikael fue echando por los suelos los argumentos de la acusación, le dio la vuelta a las palabras, cuestionó los hechos y le recordó al jurado que la víctima había estado bajo el efecto del alcohol y las drogas.

–¿Pidió la fallecida a los médicos que lo apartaran de su lado? ¿Rogó que mantuvieran a este monstruo alejado de ella? –preguntó Mikael al jurado–. No, no lo hizo. De hecho, según nos ha contado la enfermera que la acompañó a la sala de operaciones antes de que muriera, pidió ver a su novio –señaló, contemplando satisfecho cómo un par de miembros del jurado fruncían el ceño–. ¿Es esa la estampa de una mujer aterrorizada? ¿Actuaría así una mujer que hubiera sido violada y golpeada salvajemente?

Ese día, Mikael iba a ser el segundo hombre más odiado en Australia, y lo sabía.

El primero era su cliente.

Sin embargo, había tenido la mejor defensa que podía darle.

Capítulo 7

SINTIÉNDOSE inseguro, Mikael llamó a la puerta de la habitación de Layla unas horas después.

—¡Has estado genial! —exclamó ella con una amplia sonrisa. Se había vuelto a poner el vestido y los zapatos rojos—. Oh, Mikael, ¡casi me convences!

—¿Casi?

—Ese bastardo es culpable. ¡Pero tú has estado fantástico!

—Eres la mujer más extraña que he conocido.

—Tenía muchas ganas de verte en persona con la toga. ¿Por qué no has querido comer conmigo?

—Layla... —comenzó a decir él. Iba a explicarle que había sido un milagro que recordara que ella no tenía dinero y que, por eso, le había pedido a Wendy que la llevara a comer. Pero prefirió no hacerlo.

Era un alivio que lo hubiera recibido así. Y muy agradable, pensó él.

—¿Qué tal has comido?

—Me he comido una hamburguesa con todo y estaba riquísima. Aunque Wendy no es muy divertida, ¿verdad?

—Wendy es una mujer muy ocupada y ha sido muy amable por renunciar a su comida por ti.

—¿Renunciar a su comida? ¡Si comió más que yo!

Feliz, Layla disfrutó de verlo sonreír.

—¿Ahora qué? —preguntó ella.

—Tenemos que esperar el veredicto.

—¿Pero qué hacemos nosotros?

—¿Quieres salir a cenar?

—¿Cómo?

—¿Quieres ir a algún sitio bonito a cenar?

—Tiene que ser un sitio romántico —le corrigió ella—. Y sí quiero.

Mikael la llevó a un restaurante a la orilla del mar. Las vistas eran magníficas, sin embargo, pidió una mesa dentro, en un lugar íntimo y alejado de los demás comensales.

—Esto es maravilloso —comentó ella, sentándose en una silla tapizada de terciopelo—. Ay, ¡nuestras rodillas se están rozando!

—¿Mejor así? —preguntó él, apartando su pierna.

—No —negó ella, pues le gustaba sentir su contacto. Cuando él volvió a poner la rodilla en el mismo sitio, sonrió—. Así mejor.

—¿Quieres vino?

—Quiero champán. El mejor que haya.

—Claro.

—¿Tienes cigarrillos?

—No fumo —repuso él, leyendo la carta—. Y tú, tampoco.

—Me gustaría probar un canuto.

—¡Layla!

—A Zahid casi lo expulsaron del colegio cuando encontraron mariguana en su taquilla y, desde entonces, siempre he querido probarla. Solo una vez.

—Es ilegal.

—¡Conozco a un abogado defensor muy bueno!

—¡Eso es verdad!

–¿Tienes novia? –preguntó ella, mientras el camarero le servía champán.

Mikael solo pidió agua. Nunca bebía alcohol cuando estaba en medio de un juicio.

–Tengo amigas.

–¿Alguien especial?

–Si lo hubiera, no estaría muy contenta de verme aquí.

–Es solo una cena romántica –comentó ella y cerró los ojos para saborear mejor el champán.

–Si buscas romanticismo, has elegido al hombre equivocado.

–¿Por qué?

–Porque a mí no me interesan esas cosas –contestó él y cambió de tema–. Bueno, además de beber y fumar, ¿qué más tienes en tu lista?

–Solo quiero coquetear, besar a alguien y que me manden flores... luego volveré para casarme y estaré satisfecha de haber disfrutado de una semana mágica.

No era mucho pedir, caviló él. Sin embargo, Layla podía buscarse muchos problemas por perseguir su sueño.

–Me gustaría pasarme un día entero en la cama, también.

–Layla –la reprendió él–. No puedes ir por ahí diciendo eso.

–Solo te lo estoy diciendo a ti –contestó ella, frunciendo el ceño sin entender su preocupación–. Siempre tengo deberes que desempeñar y, cuando no tengo ninguno, tengo que reunirme con mi padre para desayunar o mis sirvientas están esperándome para trenzarme el pelo. Solo quiero pasar un día sin nada obligatorio que hacer.

Mikael miró al techo al darse cuenta de que su afirmación había sido del todo inocente.

–Mis disculpas –dijo él–. Pensé que, con un día en la cama, te referías a...

Layla rio.

–¡No estaba hablando de sexo! No te preocupes, Mikael, no voy a hacer nada irremediable. Tengo que volver a Ishla intacta...

–¿Es posible que me estés contando estas cosas?

–Sí –repuso ella con una sonrisa y se fijó en las ojeras de su acompañante–. Parece que a ti también te sentaría bien pasarte un día en la cama. Para dormir –aclaró.

Bueno, todavía no puedo hacerlo –señaló él–. Pero, cuando se haga público el veredicto, me tomaré unos días libres.

–¡En tu yate! –adivinó ella–. ¡Con tus amigas rubias!

–Veo que has leído cosas sobre mí.

–Ya te dije que me había informado, sí –admitió ella, encogiéndose de hombros–. ¿Cuánto tiempo crees que tardará el jurado en deliberar?

–Todo el que necesite.

–Me ha encantado verte hoy en acción... –confesó ella–. Esperaba que me dedicaras alguna mirada, pero no lo hiciste.

–Tenía otras cosas en la cabeza.

En ese momento, sin embargo, Mikael solo estaba pensando en Layla. Cuando ella acercó sus dedos, él le dio la mano.

–¿Cómo va tu partida de ajedrez?

Ambos sonrieron al recordar su broma sobre el jaque mate.

–¿Sabes jugar? –preguntó él.

–Soy muy buena. Juego con mi padre cuando tiene

tiempo y, también, en internet. Es divertido y muchas veces gano. Igual podría ganarte a ti.

—Tal vez —replicó él—. Si tuviera una migraña.

—No me subestimes —advirtió ella, riendo—. En Ishla me aburro mucho, aunque desde que puedo dar clases a mis alumnas, estoy mejor —explicó con una sonrisa—. ¡Además, me dejan tener ordenador!

Mikael le tomó la otra mano y bajó la vista hacia sus dedos entrelazados. Él sabía bien lo que era estar aburrido. Sabía lo que era estar horas y horas en las calles, sin nada que hacer. Los días habían sido interminables en aquellos tiempos en que había vagado por la ciudad sin hogar.

Entonces, al mirarla de nuevo a los ojos, percibió en ellos una gran inteligencia, una curiosidad que iba mucho más allá de la constreñida vida en que había nacido.

—¿Te pone nerviosa tener que volver a Ishla? —quiso saber él.

—No. Tendré problemas cuando vuelva, lo sé... pero, al final, todo pasará. Adoro a mi familia —afirmó ella—. Y siento tener que causarles un disgusto para conseguir lo que quiero, pero no había más remedio.

Con dedos cálidos, Mikael le acarició la pequeña cicatriz que tenía en la muñeca.

—¿Qué te pasó aquí?

—Cuando tenía nueve años, Hussain, mi futuro marido, me mostró cómo hacer que una cerilla arda dos veces.

—¿Lo amas?

—No lo conozco —reconoció ella—. Jugábamos juntos de niños. Puedo elegir a mi esposo, pero por el bien de Ishla todos dicen que Hussain es el adecuado. Mi corazón no está de acuerdo.

Mikael tuvo ganas de besarla en la muñeca. Nunca había sentido nada parecido por nadie.

Sin embargo, Layla rompió el encanto del momento con su curiosidad.

−¿Cómo es tu familia?

−No tengo familia.

−¿Tus padres están muertos?

−No lo sé −confesó él. Sin darle más explicaciones, le soltó las manos y comenzó a leer la carta en voz alta.

−Elige por mí −pidió ella, interrumpiéndolo−. Quiero probar tu plato favorito.

−¿Hay algo que te guste o disguste especialmente?

−Quiero probar lo que sea.

Mikael pidió la cena y le enseñó cómo pelar las gambas.

−Quiero más. Me gustan las gambas.

−¿No las hay en Ishla?

−No lo sé −repuso ella−. Tengo que pedirle a mi padre que me encargue unas pocas.

Almejas, ostras... estaba todo delicioso. Pero Layla solo quería más gambas.

−Podría comer estas cosas todos los días −comentó ella, pero de inmediato retomó el tema que la interesaba−. ¿Cómo es posible que no sepas si tus padres están vivos o muertos? ¿No puedes buscarlos?

−Déjalo, Layla.

−Pero quiero saberlo.

−Pues yo no quiero contártelo. ¿Qué quieres de postre?

−Gambas.

Después de un día agotador, estaba siendo una velada muy agradable. Tras de la cena, Mikael la llevó al hotel y la acompañó a su habitación, para asegurarse de que llegara sana y salva.

—¿No vas a quedarte esta noche? —preguntó ella, mientras se acercaban a la suite.

—Espero que no sea necesario. ¿O es que planeas salir de nuevo?

—No. No tengo ganas de salir más hoy. He pasado el mejor día y la mejor noche de mi vida y me siento muy satisfecha.

—Bien.

—Bueno, casi el mejor día —puntualizó ella—. Pero sería todavía mejor si me besaras.

—No creo que sea buena idea.

—Un beso —insistió ella con una sonrisa—. Además, vas a tener que dejarme tu camisa para dormir. Sigo sin tener camisón.

—Tu hermano me pidió que...

—No tienes que preocuparte de eso —lo interrumpió ella—. Pienso seguir siendo virgen cuando vuelva a Ishla.

—¡Estábamos hablando de un beso!

—Entonces, ¿cuál es el problema?

Layla lo comprendió enseguida.

Cuando Mikael la tomó entre sus brazos, todo su cuerpo se estremeció. Sintió la mano de él sobre los hombros y su rostro acercándose... y todo desapareció a su alrededor.

Cuando los arrogantes labios de Mikael la rozaron con ternura, se sintió perdida. Fue un beso suave al principio, mientras él la sujetaba de la cintura.

Luego, Layla percibió la punta de su lengua. Ella había ignorado que se besaba también con la lengua. Sorprendida, pensó que era muy sensual, la antesala del paraíso, y lo imitó, correspondiéndolo. Él deslizó una mano bajo su nuca y la agarró del trasero con la otra, apretándola contra su cuerpo.

Y ese era el problema... que un beso no era solo un beso.

Layla notó la dureza de su erección y, sobre todo, fue consciente de sus propias sensaciones. En un momento, se le endurecieron los pezones y un calor húmedo le inundó la entrepierna, mientras él seguía besándola cada vez con más pasión.

—La próxima vez, es mejor que me afeite   comentó él cuando sus bocas se separaron. Los labios de ella estaban rojos e hinchados.

—Te pedí solo un beso –dijo ella–. Pero ahora sé por qué eso trae problemas...

—Es mejor que me vaya –señaló él y la soltó.

—Tienes que dejarme el camisón –le recordó ella–. ¿Trabajas mañana?

—Sí, pero intentaré terminar temprano –contestó Mikael, preocupado porque ella decidiera salir sola–. ¿Qué tienes planeado hacer?

—Algo muy especial –aseguró ella, mientras él se quitaba la camisa y se la tendía–. No pienso levantarme de la cama.

Entonces, Layla contempló su torso desnudo y deseó poder gozar más de él, experimentar más sensaciones como la del beso que acababan de compartir.

—¿Puedes besarme otra vez ahora, para que sienta tu piel?

—Claro que no –negó él, poniéndose la chaqueta–. Buenas noches, Layla.

—Tengo otra cosa en mi lista de deseos. Quiero tener un orgasmo.

—Me voy a casa.

—En serio, Mikael —insistió ella, mientras lo acompañaba a la puerta—. Dicen que solo se puede tener un orgasmo mediante el acto sexual y en muy raras ocasiones. ¿Es eso verdad?

—¡Nada de eso! —rugió él—. Buenas noches, Layla.

Capítulo 8

LAYLA se despertó antes de amanecer y se quedó tumbada en la cama durante una hora, reviviendo el beso de Mikael una y otra vez en su cabeza. Cuando, al fin, decidió llamar a recepción para pedir el desayuno, se dio cuenta de que era hora de comer. El conserje la pasó directamente con la cocina, donde el chef ya la conocía y estaba encantado de atenderla en persona.

—¿Qué te apetece hoy, Layla?

—Quiero que alguien venga a ponerme la televisión. También quiero una manzana cortada en finas lonchas para aclararme el paladar y, luego, algo rico de comer.

—¿Como qué?

—Algo dulce. Fruta —contestó ella—. Elige por mí. Y otra cosa... ¿podrías traerme un canuto?

—No.

—De acuerdo. Entonces, un vaso de leche dulce.

Aparte del día en que se había resfriado por llevar ropas mojadas, Layla nunca se había pasado un día en la cama y tenía toda la intención de disfrutarlo.

Las camareras le llevaron la comida y Terrence, el encargado del servicio de habitaciones, le dio un cursillo rápido de cómo usar el mando a distancia de la televisión. Layla siguió en la cama con la camisa de Mikael puesta, mojando frambuesas en salsa de chocolate blanco y bebiendo leche con canela y nuez moscada, mientras veía la televisión.

¡Era maravilloso!

Cuando una pareja se besó en la pantalla, ella suspiró, recordando su beso de la noche anterior.

Con los ojos como platos, contempló cómo el hombre le quitaba la blusa a la mujer y se sonrojó cuando le quitó el sujetador.

¡Oh!

Layla sabía que no debería ver esas cosas, que debería cambiar de canal, pero no pudo evitarlo. Se levantó solo un momento para tomar un refresco de limón del frigorífico, sin quitar los ojos de la pantalla.

La pareja de la película estaba en la cama, cubierta por una sábana. Al escuchar los ruidos que hacían, Layla se atragantó con su refresco y decidió llamar a Mikael.

—Ahora no puedo hablar, Layla. Voy a tener una reunión con la familia de mi cliente.

—Solo una pregunta, por favor.

—Una solo.

—Estoy viendo la televisión y creo que dos personas están teniendo sexo durante el día y que no están casados.

—Eso es que has puesto un canal de porno —señaló él y pensó que debería borrar la suscripción a ese canal de la factura del hotel antes de presentársela a su hermano Zahid.

—Ah —dijo Layla y soltó un gemido decepcionado—. Ahora ponen eso que me da tantas ganas de beber.

—Eso es un anuncio —explicó él, riendo, y concluyó que no debía de ser el canal para adultos—. ¿Sabes cómo se titula la película que estás viendo?

Layla respondió.

–No están teniendo sexo –aclaró él–. Solo están actuando.

–Pues actúan muy bien. Ella tiene el mismo aspecto que yo cuando me besaste anoche. ¿Están vestidos debajo de las sábanas?

–Eso creo.

–Pero he visto el trasero del hombre.

–Tengo que irme –dijo él y titubeó un momento, mientras leía un mensaje que le acababa de enviar Wendy–. Espera un segundo, Layla.

A Layla no le importaba esperar. En la pantalla, los protagonistas estaban sonriendo, tumbados juntos.

–Tengo que irme, lo siento.

–Solo una pregunta más.

–Layla, el jurado tiene su veredicto.

–¿Tan pronto? Pero...

Mikael había colgado.

–No es bueno que hayan decidido tan pronto, ¿verdad? –le preguntó su cliente a Mikael. Estaba empapado en sudor.

–No –admitió Mikael.

–Podrías ser un poco más amable y darme esperanzas.

Mikael no respondió. Había hecho todo lo que había podido por el bastardo que tenía delante. ¿Qué esperanzas le había dado su cliente a la víctima en la noche de su muerte?

–Todos en pie –dijo el juez.

Mikael se levantó.

Layla miraba atenta la pantalla, mientras un reportero daba las últimas noticias a las puertas de los juzgados. Terrence, el encargado del servicio de habitaciones, estaba a su lado, navegando en internet para ponerle al día de las últimas actualizaciones sobre el tema.

–Van a dar el veredicto.

–Ah –dijo Layla–. ¿Crees que estará disgustado si pierde?

–Casi nunca pierde –contestó Terrence–. Quizá... –comenzó a añadir, pero se interrumpió–. Mira, aquí está... Culpable.

Layla soltó un grito sofocado mientras aquella palabra resonaba en la sala de juicios.

–El público está gritando –informó Terrence, ante la pantalla del ordenador, mientras Layla miraba la noticia en la televisión–. El juez está dando las gracias al jurado.

–¿Qué dicen de Mikael? –quiso saber ella.

Nada de lo que Terrence ni el reportero dijeron pudo darle una pista a Layla de cómo se sentía Mikael.

Mikael Romanov mostraba, como siempre, una expresión pétrea e indescifrable, informó el reportero.

Poco después, cuando bajó las escaleras de los juzgados e ignoró a los periodistas, su gesto tampoco delataba sus sentimientos.

–Envía a alguien para que limpie la habitación –ordenó Layla a Terrence–. Y quiero más fruta y chocolate y champán...

–¿Champán? No creo que él esté de humor para celebraciones... –opinó Terrence.

–¡Date prisa, Terrence, por favor!

Mikael entró en su despacho con cara de póker, la misma que habría exhibido si su cliente hubiera sido hallado inocente.

Nadie podía adivinar lo que tenía en mente.

Se quitó la toga y tomó un largo trago de agua con gas. Luego, se fue al aparcamiento, se subió a su coche y se dirigió directo al hotel. Allí, le entregó las llaves al portero y le pidió que aparcara por él.

—Adelante —dijo Layla cuando él llamó a la puerta.

Lo esperaba sentada en la cama, todavía con su camisa puesta. Había champán en una hielera, fruta y salsa de chocolate. Entonces, Mikael, que llevaba meses sin beber alcohol, supo que ella lo comprendía.

—¿Estás disgustado? —preguntó Layla.

—No.

—Se me había ocurrido que, si lo estabas, podías esconderte bajo las sábanas conmigo. No para tener sexo. Hoy he descubierto que es una gozada quedarse en la cama comiendo.

—De acuerdo... —dijo él con cautela. Se quitó la chaqueta y la corbata, los zapatos y los calcetines y abrió la botella de champán. Sirvió dos copas y se tumbó con ella, aunque no se metió debajo de las sábanas.

—¿Cómo te sientes? —quiso saber Layla.

—Eufórico —admitió él tras un momento para pensarlo—. Ese cerdo irá a la cárcel durante muchos años.

—¿Alguna vez no te has esforzado todo lo que has podido? —inquirió ella.

Era una pregunta muy valiente que nadie más se había atrevido a preguntarle, caviló él.

—Siempre hago todo lo que puedo por mis clientes.

—¿Siempre?

—Sí —afirmó él—. Y, si son declarados culpables, me alegro de que un criminal haya sido encerrado.

El champán estaba delicioso, pensó él.

—¿No vas a preguntarme si me molesta...? —quiso saber él, esperando la pregunta habitual que todo el mundo le hacía.

—Está claro que no te molesta tu trabajo —contestó ella—. No creo que nadie pudiera obligarte a hacer algo que no quisieras.

—Tú lo has hecho. Te acepté como cliente cuando no quería hacerlo.

—Ah, pero eso es porque te sentiste atraído por mí —aventuró ella y mojó una frambuesa en chocolate—. E intrigado.

—Así es. ¿A ti no te molesta mi trabajo?

—Claro que no —aseguró ella y, en vez de tomarse la frambuesa mojada en chocolate, se la ofreció a él, disfrutando del contacto de sus labios en los dedos—. Para que un sistema funcione, ambas partes tienen que estar bien representadas. En algunos países, esa justicia no existe.

—¿Cómo funciona en Ishla?

—Si te declaran culpable de un crimen, puedes ser perdonado, desterrado o ejecutado.

—¿Puedes ser perdonado?

—Claro. Mi padre tiene esa prerrogativa. Si un acusado no puede ser perdonado del todo, entonces es desterrado hasta que pase un tiempo y pueda regresar a la sociedad —explicó Layla y lo miró un momento—. ¿Por qué sonríes?

—Mirarte me da ganas de sonreír —reconoció él. Quizá el hecho de que ella solo fuera a quedarse unos días le hacía más fácil bajar la guardia un poco.

—¿Siempre quisiste estudiar Derecho?

—No.

—¿Por qué lo hiciste, entonces?

Mikael meneó la cabeza. Por muy baja que tuviera

la guardia, no era un tema del que estuviera dispuesto a hablar.

—Menos mal que no sabes leer ni escribir. Si no, podrías ser periodista. Se te da muy bien preguntar.

—Sí que sé leer y escribir —se defendió ella—. Pero no en inglés. Aunque pienso aprender... lo necesito para mi trabajo.

—¿Trabajas?

—Por supuesto —afirmó ella—. Aunque no me pagan. A mi padre le preocupaba que las niñas de Ishla no tuvieran tan buenas notas como los niños. Lo hablamos y decidimos que yo podía charlar con ellas una vez al mes y animarlas a estudiar. Ahora hablo con todas las clases. Cada día, tengo alumnas distintas. Y sus notas están mejorando —explicó—. Se me da muy bien motivarlas y me quieren mucho.

—Qué modesta.

Layla se encogió de hombros.

—Odio la falsa modestia. Siempre les digo a mis niñas que estén orgullosas de sus logros.

Bebieron un poco más de champán en silencio.

De vez en cuando, Mikael le rozaba el pelo con la boca, el brazo con los dedos. Layla estaba en la gloria. Entonces, cuando él echó una cabezada, escuchó el sonido de su corazón y contempló cómo le subía y le bajaba el pecho. También, se fijó en lo que tenía bajo los pantalones, eso que había notado tan duro la noche anterior.

—¿Qué estás haciendo? —preguntó él, cuando ella iba a desabotonarle la parte inferior de la camisa.

—Quiero volver a verte el vello que te baja desde el ombligo —repuso ella.

Pero Mikael le sujetó la mano, deteniéndola. Al

mismo tiempo, eso que tenía bajo el pantalón le creció un poco más.

—¿Por qué estudiaste Derecho? —insistió ella.

—Eres muy persistente, ¿verdad?

—Mucho —asintió ella—. Siempre consigo lo que me propongo, así que sería mucho más fácil si te rindieras ya.

Podía hacer dos cosas, contárselo o besarla, se dijo Mikael.

Él sabía lo que prefería, pero ella no lo había invitado a la cama para tener sexo. Y tenía que reconocer que esa cama era el mejor refugio que podía haber encontrado.

Ni siquiera tenía ganas de poner la televisión para saber qué decían las noticias.

De acuerdo, le contaría la razón por la que había estudiado Derecho. Al menos, una parte de ella.

—Crecí sin familia. Solo recuerdo un piso comunal con mucha gente, aunque ninguno de los adultos con los que convivía era especial para mí. Había otros niños y muchas peleas y borracheras. Una noche, nos echaron a todos y empecé a vivir en las calles.

—¿Como mendigo?

—Y como ladrón —admitió él—. Cuando tenía unos doce o trece años, un asistente social me ayudó. Su esposa había muerto y me invitó a vivir con él y con su hijo. Me dio una identidad, una fecha de nacimiento y me llevó a la escuela. Mi nombre siempre fue Mikael, pero me dio su apellido.

—¿Cuál?

—Se llamaba Igor Romanov.

—¿Te adoptó?

—No. Solo me dio su apellido. Yo le estaba agradecido y me esforzaba mucho en estudiar, pero seguía metiéndome en problemas. Estaba muy furioso con el mundo. De todas maneras, cuando terminé el curso con matrícula de honor, Igor me sugirió que hiciera Derecho.

Layla intentó imaginarse cómo sería haber vivido sin su familia. Echaba de menos a su madre todos los días. Aunque no la había conocido, sabía mucho sobre ella. No podía imaginarse cómo sería no saber nada de ella...

Mientras Mikael estaba callado, sumido en sus recuerdos, ella se preguntó cómo había podido sobrevivir en un mundo en que nadie se había preocupado por él.

Lo peor de todo, sin embargo, había sido el aburrimiento, pensó Mikael... sin nada que hacer hora tras hora.

Si no hubiera tenido el ajedrez, se habría vuelto loco. Distintas personas le habían ido enseñando a jugar y, pronto, había ido ganándolos a todos... hasta que la gente había empezado a pagar para poder jugar con él.

No le habían pagado mucho, aunque le había bastado para alimentarse.

Había sido entonces cuando había conocido a Igor, que había oído hablar de un niño que cobraba por jugar al ajedrez. En el colegio, Mikael pronto se había puesto al día y había aprendido todo lo que había llevado de retraso con sus compañeros.

Con persistencia, Layla le acariciaba el vello bajo la camisa, donde antes había intentado desabrocharle los botones. Cuando él quiso quitarle la mano, se dio cuenta de que se había quedado dormida.

Desde la cama, Mikael vio ponerse el sol sobre Sídney y respiró hondo, sintiendo cómo la tensión de los últimos meses se disipaba.

–Layla...

Ella se movió un poco, acurrucada a su lado, envolviéndolo con su exótico y sensual aroma.

–¿Quieres salir?

–¿Salir? –repitió ella, medio dormida.

–A bailar.

En un instante, Layla se levantó de la cama, se quitó la camisa y se dirigió al baño. Mikael nunca había visto vestirse a nadie tan rápido.

–Nunca he bailado –comentó ella con excitación, poniéndose los zapatos de tacón–. ¿Y si no sé hacerlo?

–Seguro que te las arreglarás –contestó él y llamó a recepción para pedir un coche. El juicio había terminado. Era hora de divertirse un poco.

Capítulo 9

MIKAEL eligió un club privado muy exclusivo. Cuando llegaron, el portero los dejó pasar al momento, sin hacerles esperar la cola.

—Quiero sentarme en la barra —dijo ella, cuando los conducían a una mesa.

—Bien —aceptó él, dispuesto a darle gusto en todo esa noche.

—Quiero pedir.

—Hazlo, pues.

—¿Qué vas a beber tú? —preguntó ella.

—El camarero ya sabe qué bebo.

—Una bebida para Mikael y un café irlandés para mí.

El camarero solo parpadeó una vez, ocultando su sorpresa bastante bien.

—¿Puedes darme algo de dinero para que pague, Mikael?

—Tengo cuenta aquí.

—Pero yo quiero pagar —insistió ella—. Quiero invitarte.

¡Con su dinero!, pensó él.

—¡Mikael! —lo llamaron un par de conocidos, acercándose—. No esperábamos verte aquí esta noche. Qué mala suerte... pensábamos que librarías a ese tipo de la cárcel.

—Yo también lo pensé.

Charlaron unos minutos, aunque todos tenían pues-
tos los ojos en Layla.

–¿De dónde la has sacado?

–No preguntes.

–Es impresionante.

–Es agotadora –puntualizó él y miró hacia donde
Layla estaba sentada en la barra, charlando animada-
mente con el camarero. La crema del café le había dejado un bigote sobre los labios, pero estaba igual de bella que siempre.

–Y ahora... –le dijo ella al camarero–. Voy a bailar.
¡Vamos, Mikael!

Al parecer, Layla tenía talento para bailar.

–¡Es muy fácil! ¡Y me encanta! –exclamó ella,
riendo–. No me sorprende que esté prohibido.

Layla parecía la mujer más feliz del mundo, mientras se mecía al ritmo de la música sobre la pista. Su
exuberancia y su alegría eran contagiosas y la noche,
que podía haber girado en torno a la derrota de Mikael
en el juzgado, se tornó en una fiesta.

–Eres muy sexy, Mikael –le dijo ella, rodeándole el
cuello con los brazos mientra bailaban una lenta melo-
día–. ¿Me besarás de nuevo?

–Aquí, no.

–Cuando volvamos al hotel, ¿podemos hacer lo que
vi en esa película?

Mikael frunció el ceño. Como si hubiera sucedido
hacía mucho, recordó cuando, justo antes de conocer el
veredicto, ella lo había llamado y le había hablado de
una película.

–¿Podemos hacer como si estuviéramos teniendo
sexo, pero sin quitarnos las braguitas? –quiso saber ella.

–No –negó él–. Y yo no llevo braguitas.

—Por favor...

—No.

—Ya estoy cansada de bailar.

—Bien.

El chófer los llevó de vuelta al hotel.

—Gracias por sacarme a bailar —dijo ella . ¿Te quedarás a dormir?

Mikael había estado pensando qué hacer al respecto durante todo el trayecto en coche.

—Bueno, creo que seré capaz de controlarme, así que sí me voy a quedar.

—¿Adónde vas? —preguntó ella cuando hubieron entrado en la suite, mientras él iba directo al baño.

—A afeitarme —informó él. Layla tenía la piel muy delicada y no quería que se le enrojeciera con el beso que pensaba darle.

Sentada en el borde de la bañera, la princesa contempló cómo él se remangaba, buscaba los útiles de afeitado y se embadurnaba la cara con espuma.

—Estoy un poco sudada —comento ella—. Me gustaría darme otro baño.

—Pues prepárate la bañera.

Ella lo miró a los ojos a través del espejo durante un instante interminable.

—¿Te ha gustado salir a bailar? —preguntó él.

—Mucho, pero no tanto como tu beso.

Sin decir más, Layla se puso en pie y se volvió. Puso el tapón de la bañera, abrió los grifos y vertió en el agua una complicada mezcla de aceites.

Mikael intentó no desconcentrarse de su afeitado cuando ella empezó a desnudarse.

Primero, se quitó el vestido.

A continuación, los zapatos.

Cuando se libró del sujetador, Mikael se apartó la cuchilla de la cara como medida preventiva. Sus pechos eran cremosos y turgentes, con pezones oscuros.

Las braguitas siguieron después y Mikael se pasó un buen rato aclarándose la cara con agua fría. Pero, incluso con los ojos cerrados, no podía quitarse de la cabeza la imagen de su sedoso pubis.

—¿Puedes enjabonarme? —pidió ella.

—Creo que puedes hacerlo sola.

—Yo también lo creo. Pero me gusta que me lo hagas tú.

Layla ansiaba que la besara de nuevo y estaba deseando sentir su contacto en la piel desnuda. También quería verlo mejor, sin ropa.

—¿Puedes quitarte la camisa?

Mikael la complació, mientras ella contemplaba extasiada su musculoso pecho. En esa ocasión, no levantó la vista cuando le observaba el vello del vientre, sino que sus ojos siguieron bajando hasta su erección. Era obvio que él sentía lo mismo que ella.

—Puedes quitarte el resto de la ropa —indicó ella.

—No —replicó él, recordándose que debía mantener ciertos límites.

—¿Pero dormirás conmigo en la cama?

—Sí —afirmó él. Aunque iba a tener que ponerse un candado en el cinturón—. Me voy a duchar primero.

Mikael tardó un buen rato en salir del baño y Layla lo esperó con una sonrisa. Cuando regresó, se había puesto otra vez los pantalones. También llevaba la camisa.

—Dame tu camisa para dormir.

—Duerme desnuda —repuso él—. Y hazme un sitio —añadió, metiéndose en la cama.

–Me resfriaré.

–Yo te mantendré caliente.

Era muy agradable acurrucarse a su lado, sentir cómo él le acariciaba el torso y apoyar la cabeza en su pecho.

–¿Te ha gustado tu fiesta de fin de juicio?

–¿Es eso lo que ha sido?

–Sí.

Su vida sería mucho más sencilla si, al volver a casa después de un juicio, ella lo estuviera siempre esperando, se dijo Mikael. Al instante, sin embargo, le sorprendió su tren de pensamiento.

–¿Dónde está Igor ahora? ¿Os mantenéis en contacto?

Ante una pregunta tan directa, Mikael decidió responder, aunque ese era un tema del que no hablaba nunca con nadie.

–No –contestó él–. Justo cuando terminé mis estudios, lo mataron de un disparo.

–¿Por qué?

–La ley de la calle.

–¿La ley de la calle?

–Una mujer casada con un hombre importante tuvo una aventura. Un día, su marido llegó a casa y casi los sorprendió, pero el amante escapó por la ventana del dormitorio. Ella confesó que estaba siendo infiel y su marido la obligó a darle el nombre de su amante. Igor había trabajado con ella durante años y el marido, furioso, lo mandó matar –explicó Mikael y se quedó en silencio un buen rato–. Todas las evidencias estaban contra Igor. La mujer lo había acusado, el marido sabía que habían sido amigos. Aun así, a pesar de eso, Igor nunca se había acostado con ella.

–¿Lo sabes seguro?

–Lo sé seguro... porque la persona que salió por la ventana esa noche fui yo.

–¿Y por qué ella acusó a Igor? –quiso saber Layla, impresionada–. ¿Por qué mintió?

–Porque sabía lo que iba a pasar... sabía que su marido mataría a su amante y no quería perderse un buen polvo.

Layla sintió un escalofrío ante la amargura de su voz. De alguna manera, adivinó lo que significaba esa palabra, «polvo», aunque era la primera vez que la escuchaba. Se quedó quieta, mientras él seguía hablando.

–La odio a ella más que al hombre que mató a Igor. La odio tanto que, cuando un testigo sale a declarar, me imagino que es ella y eso me motiva para hacer trizas su testimonio. Me aseguro de que, si mienten, su argumento quede desmontado.

–¿Por eso es tan importante para ti ofrecer una buena defensa a tus clientes?

–Sí.

–¿Y cómo llegaste a Australia?

–Demyan, un amigo con el que crecí, se mudó a Australia. Yo sabía que, pronto, alguien querría matarme, así que lo llamé y su tía me ayudó a venir a Sídney.

Mikael se levantó para servirse un trago. No quería la compasión de Layla. Ni quería responder a más preguntas.

–Esa mujer que odias... ¿También la amabas? –prosiguió ella con persistencia.

–No sé –admitió él–. Fue lo más cerca que estuve nunca...

Interrumpiéndose, Mikael bebió de su copa y respiró hondo. Lo cierto era que lo que había sentido por aquella mujer en el pasado no se parecía en nada a lo que sentía por Layla.

A lo largo de su vida, se había acostumbrado a que las mujeres le rogaran que se abriera a ellas, que les diera conversación o les confiara sus secretos. Pero él nunca lo había hecho, hasta ese momento.

Al parecer, Layla había notado su reticencia a seguir hablando, porque dejó de hacerle preguntas. Quizá para distraerlo de sus oscuros pensamientos, levantó sus esbeltas piernas encima de la cama. Y separó las rodillas.

–¿Puedes besarme ahí abajo?

Sería todo un placer, se dijo él.

Capítulo 10

MIKAEL se despertó al oír a Layla pedir su habitual manzana cortada en finas lonchas con té y agua.

—Y café —dijo él—. Y tarta.

—¿Tarta?

—Tarta.

—¿Pueden subirnos un poco de tarta de chocolate y café también, por favor? —pidió ella al teléfono—. Yo quiero mi trozo de tarta caliente, con mucha crema para echarle por encima —puntualizó, colgó y se volvió hacia Mikael con una sonrisa—. Me encanta este teléfono. Es fantástico.

—¿Es que no pides todo lo que quieres en tu palacio por teléfono?

—No. Le digo a Jamila lo que quiero y ella me lo consigue.

—¿Jamila es tu criada?

—Mi dama de compañía —puntualizó ella—. Ha estado conmigo desde que nací.

—¿Como si fuera tu madre?

—¡No! —exclamó ella, riendo al pensarlo—. No se quiere a los sirvientes... —explicó y, de pronto, su rostro se tornó serio—. Aunque, cuando pienso en ella, me siento un poco mal. Estará muy preocupada. ¡Oh, pobre Jamila!

—A mí me parece que sí la quieres —aventuró él.

—Bueno, ahora que ha terminado el juicio, ¿vas a tomarte esas vacaciones de las que hablabas?

Mikael esbozó una amarga sonrisa. Su trabajo no había hecho más que empezar. Tenía que esperar la sentencia en firme, hacer apelaciones...

–Hoy tengo un día muy ocupado. He de reunirme con mi cliente y con su familia –dijo él y cerró los ojos, pensando que le gustaría estar en otro lugar.

–Bien. Yo daré un paseo en ferry y subiré el puente de la Bahía de Sídney.

Mikael se recordó a sí mismo que Layla tenía veinticuatro años y no era una discapacitada. De hecho, era una mujer muy inteligente.

Aun así, no pudo evitar preocuparse porque saliera sola.

Había estado tan protegida toda su vida que no podía imaginarse que hubiera gente mala, dispuesta a hacerle daño.

Cerrando los ojos, Mikael intentó convencerse de que estaba exagerando y ella podía desenvolverse sola sin él.

En un instante, llamaron a la puerta y un camarero llevó el desayuno, junto con algo que él había pedido la noche anterior.

–¡Flores! –exclamó ella, emocionada–. ¡Y una tarjeta! –añadió, abriéndola–. ¿Qué dice?

Cuando había hecho el encargo, Mikael había olvidado que ella no sabía leer inglés. Y le daba mucha vergüenza tener que leerlo él mismo en voz alta. Esperó a que los camareros se hubieran ido.

Layla, gracias por hacer que un día tan difícil terminara tan bien. Y gracias por una noche maravillosa. Mikael.

–¿Nada de besos? –preguntó ella.

–Tres.

–¡Vaya! ¡Gracias! Guardaré siempre esta tarjeta... Tendré que buscarle un sitio para esconderla.

–Layla, no quiero causarte problemas... –dijo él y titubeó un momento. Estaban a mediados de semana y las cuatro noches que les quedaban por delante le parecieron, de pronto, insuficientes–. Mira, respecto a hoy...

–Mikael, quiero pasar un día sola –lo interrumpió ella–. Por favor, no me pidas que me quede en el hotel.

–De acuerdo –repuso él, obligándose a sonreír–. Necesitarás algo de dinero suelto.

–Sí, por favor.

–Pide al hotel que te busque un chófer para que te lleve adonde quieras.

–Estaré bien.

–Llévate mi número del móvil.

Layla se compró unos vaqueros, unas sandalias y un bolso en la boutique del hotel.

Le preocupaba encontrarse con Trinity o con Zahid. Sin embargo, estaba decidida a que, aunque los viera, no se dejaría convencer para renunciar a su semana de libertad.

En vez de pedir un coche con chófer en el hotel, prefirió tomar un taxi.

En esa ocasión, le resultó más fácil, porque sabía cómo ponerse el cinturón y sabía que tenía que pagar al final del trayecto.

Layla hizo todo lo que había planeado.

Se quedó en lo alto del puente, dejándose acariciar por el viento, mientras se sentía en la cima del mundo. Luego, tomó un ferry a Manly, pidió una hamburguesa con todo y una lata de limonada. Conoció a unos mochileros alemanes que fueron muy amables y le aconsejaron hacer un paseo nocturno en crucero por la bahía.

—No sé dónde se toma.

—Nosotros te acompañamos.

El crucero comenzaba después del atardecer y duraba tres horas. Era precioso ver la costa de Sídney desde el agua, toda iluminada. Allí estaban la Ópera y el puente. El paseo incluía una cena con vino, aunque las gambas no estaban tan ricas como las que había probado con Mikael. Mientras, escuchó la historia del capitán Cook y los convictos, disfrutando de la agradable compañía.

Por fin, tomó un taxi para volver al hotel, emocionada después de haber pasado un día maravilloso, cansada y con ganas de darse un baño y dormir.

Sin embargo, cuando abrió la puerta de la habitación, se sobresaltó al toparse con Mikael. Nunca lo había visto así antes. Tenía la cara gris y no le devolvió la sonrisa cuando ella entró.

—Layla... —comenzó a decir él con expresión desencajada—. ¿Dónde has estado?

—Haciendo las cosas que tenía planeadas —contestó ella con una sonrisa—. Ha sido fantástico.

—Es más de medianoche.

—Hice una excursión en crucero...

—¿Y no se te ocurrió llamarme?

—Pero dijiste que te llamara solo en caso de emergencia...

Mikael había tenido un día de perros. Nada más llegar a su trabajo, había cambiado de opinión y había telefoneado al hotel, pero ella había salido ya.

Reprendiéndose a sí mismo por haberla dejado sola, había intentado concentrarse en sus tareas lo mejor que había podido. Al terminar su jornada, había recogido todas sus cosas con idea de no volver durante el resto de la semana.

Había sido una noche muy, muy larga.

Y allí estaba ella, con el pelo revuelto por el viento, las mejillas sonrojadas por el sol.

Mikael sacó su teléfono y escribió un mensaje de texto como había hecho cada noche, aunque nunca tan tarde.

Solo para que lo sepas, Layla está bien.

—¿A quién escribes a estas horas?

—A tu hermano. Lo hago todas las noches.

—¿Por qué?

—Porque se preocupa por ti, Layla —contestó él, conteniéndose para no gritar—. Porque debe de estar enfermo de preocupación y un maldito mensaje de texto debe de ser de gran ayuda para tranquilizarlo, igual que una maldita llamada me habría...

Mikael se calló. El alivio que había sentido al verla entrar por la puerta se había transformado en rabia. Era algo a lo que no estaba acostumbrado, pues nunca le había importado nadie tanto como para temer así por su bienestar.

—¡No tienes ni idea del lío en que puedes meterme! —exclamó ella—. Mi hermano se pondrá furioso porque esté con un hombre a estas horas de la noche.

—Bueno, deberías haberlo tenido en cuenta antes. ¿No se te ocurrió pensar que podía estar preocupado?

Lo cierto era que no y, aunque Layla no lo dijo, él lo adivinó por su mirada.

–¡Layla, eres la persona más egoísta que he conocido!

–¿Egoísta? ¿Cómo te atreves a llamarme egoísta? ¡Te he comprado un recuerdo! –replicó ella y, cuando iba a sacar su regalo del bolso, él agarró las llaves del coche– ¿Adónde vas?

–¿Encima lo preguntas?

–Mikael...

Sin decir más, Mikael salió y la dejó sola.

Layla esperó que volviera. Pero no pasó nada.

Miró por la ventana, preguntándose adónde habría ido.

Entonces, comenzó a comprender. No estaba preocupada por él, pero lo echaba de menos y no le gustaba la pelea que habían tenido. Estaba enfadada porque le hubiera mandado un mensaje a Zahid y, al mismo tiempo, empezaba a entender por qué lo había hecho...

Mikael condujo enfadado durante doce minutos más, hasta que paró el coche y se sentó en el bordillo. El miedo que había sentido por ella durante todo el día no había sido nada comparado con el pánico que experimentó al pensar el día que era. Solo faltaban cuatro días para que Layla volviera a su país.

Necesitó un buen rato para procesar sus emociones. Nunca había amado a nadie antes.

Le habían importado algunas personas, pero nunca nadie le había importado tanto.

Sin esperárselo, Layla le había enseñado lo que era el amor.

No quería volver con ella... no tenía sentido, porque pronto se iría.

Cuando Layla lo llamó, sin embargo, respondió de inmediato.

–Sé que no está bien llamarte tan tarde...

Cuando Layla se atragantó con las palabras, él cerró los ojos, con el corazón encogido al percibir su sufrimiento.

–... pero es una emergencia del corazón, Mikael. No puedo parar de llorar.

Capítulo 11

MIKAEL amaneció en la cama de Layla, con ella dormida a su lado.

No había pasado nada la noche anterior. Ella había llorado sin parar y había tardado mucho en dormirse.

No la amaba, decidió bajo la clara luz del día. Solo se sentía atraído por ella, quizá un poco intrigado.

La vida le resultaba mucho más sencilla cuando el amor no formaba parte de ella, pensó y tomó la esfera de nieve que Layla le había regalado, contemplando cómo los pequeños copos de plástico blanco caían sobre una miniatura de la Casa de la Ópera.

–No nieva en Sídney –comentó él, al ver que la princesa abría los ojos–. La última vez fue en 1836.

–Es un recordatorio del calentamiento global –comentó ella, acurrucándose a su lado–. El tiempo se ha vuelto loco en todas partes.

Mikael deseó que ella no le hiciera sonreír con tanta facilidad.

No podía amarla, se repitió, pues su amor no tendría sentido.

–¿A qué hora nos vamos? –preguntó ella.

Él apretó la mandíbula. En medio de la noche, cuando Layla no había podido parar de llorar, le había sugerido que dejara el hotel al día siguiente y se mudara a su casa.

En ese momento, sin embargo, deseó haber mantenido la boca cerrada. Su casa era su refugio y no le gustaba compartirlo con nadie.

Nunca había llevado allí a ninguna mujer.

–Justo estaba pensando que igual no es una buena idea. No hay ningún sitio para divertirse cerca, ni restaurantes, ni discotecas... solo hay playa –señaló él, con la esperanza de que Layla declinara su invitación.

–Me encantaría ir a tu casa. Aunque no haya discotecas cerca, podemos bailar de todas maneras –afirmó ella, sonriendo emocionada–. Gracias por invitarme.

Esa mañana, Layla estaba más tranquila. Por la noche, había sido horrible. Después de que Mikael se hubiera ido furioso de su lado, se había dado cuenta de lo egoísta que había sido... no solo con él. Se alegraba de que Mikael hubiera tranquilizado a su hermano, aunque sabía que Zahid exigiría saber por qué había estado con un hombre a esas horas.

Lo arreglarían de alguna manera, le había asegurado Mikael.

Y Layla lo creía. Se sentía a salvo entre sus brazos. Y estaba segura de que no había nada que él no pudiera hacer.

–Antes de llevarte a mi casa, tengo que ir a ver a Demyan –informó él–. Su esposa acaba de tener un bebé y quiero hacerles una visita. Mientras estoy fuera, puedes ir preparando tus cosas. Luego, vendré a buscarte y nos iremos.

–¿Qué regalo vas a llevarle al bebé?

–¿Una esfera de nieve?

–¡Mikael! –lo reprendió ella–. Ese es mi regalo para ti. Debes guardarlo para siempre. Tendrás que comprarle uno al bebé. Podemos ir de compras juntos y, luego, puedo acompañarte a conocer a tus amigos. Podemos hacerlo de camino a tu casa.

Mikael no dijo nada, pero sintió que Layla estaba a punto de invadir su territorio más privado.

Dejar la habitación del hotel resultó ser más difícil que registrarse.

Hubo que pedir una maleta más para todas las cosas que la princesa había acumulado. El chef fue a despedirse en persona de ella. Y Terrence, el encargado de planta, llevó al coche las flores que Mikael le había regalado.

Cuando salieron de allí en el coche, Layla cayó en la cuenta de que nunca volvería a ese hotel y, cuando pasaron por delante de los juzgados, comprendió que el día mágico que había pasado viendo trabajar a Mikael no volvería a repetirse.

Había estado tan decidida a divertirse y a sacarle todo el jugo posible a aquella semana de libertad, que no se le había ocurrido lo mucho que le dolería despedirse.

Si le resultaba difícil decir adiós a los empleados del hotel, no quería ni pensar lo mucho que iba a costarle desprenderse de Mikael.

Se detuvieron en una tienda de ropa infantil, donde Layla compró una mantita de cachemira y algunas ropitas. A continuación, pararon en otra tienda y compraron un bikini y vestidos playeros para ella, antes de encaminarse al lujoso piso de Demyan y Alina.

–¿Cómo es Demyan? –preguntó ella cuando subían en el ascensor.

Mikael se encogió de hombros, un poco incómodo porque la princesa fuera a conocer a su amigo.

–Seguro que es más comunicativo que tú –bromeó ella–. ¿Y su mujer?

–Solo la he visto un par de veces. Parece más agradable que su primera mujer, aunque eso tampoco es muy difícil.

Cuando llegaron, Alina estaba sentada con el bebé en brazos y Demyan tenía aspecto de no haber dormido desde hacía días.

–Esta es Layla –la presentó Mikael.

Demyan arqueó las cejas sorprendido. Era la primera vez que su amigo llevaba una mujer a su casa.

–En realidad, es la princesa Layla –puntualizó Mikael–. Y está huyendo.

–Dijiste que no debíamos decírselo a nadie. Y dijiste que no debía usar mi título –le reprendió Layla.

–Demyan y Alina son de confianza –aseguró Mikael–. ¡Felicidades! –exclamó, le dio un rápido beso a Alina en la mejilla y miró al bebé–. Es muy guapa –añadió sin mucho convencimiento.

–No te preocupes, Mikael –repuso Alina con una sonrisa–. No voy a cambiarle el pañal delante de ti.

Mikael también sonrió.

–De acuerdo, entonces, me sentaré.

A pesar de las reticencias de Mikael, Layla hizo su visita mucho más fácil. Le entregó el regalo a Alina y alabó cada gesto del bebé, mientras los dos hombres charlaron un rato y se tomaron una copa.

–¡Es una belleza! –señaló Demyan–. Hacéis buena pareja.

–Eso es porque solo estará aquí de forma temporal –comentó Mikael.

–Lo mismo me pasó con Alina –recordó Demyan con una sonrisa.

–Bueno, en este caso, es temporal de verdad. Layla tiene que regresar con su familia dentro de pocos días –explicó Mikael y se encogió de hombros, como si no le importara–. Creo que, para entonces, me habré cansado ya de ella.

O eso esperaba él.

Aunque, en el fondo, dudaba que así sucediera.

–¿Qué tal va tu segunda experiencia de paternidad? –preguntó Mikael.

–Muy bien. O mejor. Tengo más idea de qué hacer que con Roman. Alina tiene mucho instinto maternal.

Mikael miró en silencio a su amigo y recordó el día que se habían peleado, hacía solo pocos meses, cuando él le había sugerido que dejara de pagar la pensión de alimentos a su exmujer, ya que ella le había dicho que Roman igual no era hijo suyo.

–¿Por qué tiene que regresar con su familia? –preguntó Demyan, sacándolo de sus pensamientos.

–Porque la quieren y ella los quiere también.

–Mikael...

–No –lo interrumpió Mikael, adivinando lo que su amigo le iba a decir.

Eso dio la conversación por zanjada. Poco después, las dos parejas se despidieron.

–Todos mis primos tienen bebés. Puedes tenerlos en brazos y sonreír y decir que son bonitos, pero... –comenzó a decir Layla cuando estuvieron a solas en el ascensor–. Luego te quedas sin saber qué más decir o hacer.

Mikael esbozó una débil sonrisa, lo que le bastó a Layla para continuar.

–Ahora que Trinity y Zahid van a tener un niño, será igual. Gracias a eso, pude escaparme. Trinity estaba vigilándome como un halcón, pero cuando le sugerí entrar en una tienda de ropa infantil, de pronto, pareció entrar en otro mundo.

–¿No te gustan los bebés?

–No me disgustan, aunque me asustan un poco –admitió ella–. Sé que amaré al mío, pero me gustaría disfrutar un poco más de esto.

–¿De qué?

–Bailar y besar –repuso ella, mientras salían del ascensor–. Además, el embarazo no siempre es algo bueno.

–¿Te preocupa que estropee tu figura? –inquirió él, sorprendido.

–No –negó ella–. Me preocupa morir. Mi madre murió en mi parto.

–Layla...

–No es algo de lo que quiera hablar.

–Puedes hacerlo, si quieres.

–¿De qué serviría?

Caminaron en silencio hasta el coche.

Layla temía vivir el resto de su vida junto a Hussain.

De repente, Mikael sintió el mismo miedo.

Una cierta tensión se cernió sobre ellos en el interior del vehículo.

Layla parecía perdida en sus pensamientos. No le gustaba haberle confesado a Mikael su temor acerca del embarazo, ya que él no podía hacer nada para solucionarlo.

Para distraerse de tan oscuras elucubraciones, cuando hubieron dejado la ciudad atrás, Layla le pidió que la enseñara a conducir.

–Por favor... –insistió ella por décima vez. Estaban

en una carretera secundaria y hacía mucho que no se habían cruzado con ningún otro conductor. Entonces, junto a la costa, vio a lo lejos una bonita casa blanca–. Por favor, déjame conducir.

–No –repitió él, mientras tomaba el desvío para entrar en su casa de la playa.

Cuando Mikael paró el coche, Layla salió y empezó a admirar los alrededores. Un exuberante oasis tropical rodeaba la casa. El interior estaba decorado con una mezcla de modernos electrodomésticos y valiosas antigüedades. En una esquina, había una enorme bola del mundo.

–Aquí está mi casa –indicó ella, señalando el punto donde se encontraba Ishla.

Si el mundo fuera tan pequeño en realidad..., pensó Mikael, mientras ella se aventuraba a recorrer cada rincón. Era extraño tenerla allí, se dijo. Su belleza femenina le daba un nuevo color a un refugio tan masculino.

–Oooh, me gusta tu tablero de ajedrez.

–Déjalo –advirtió él, observándola acariciar uno de los alfiles. No le gustaba que se fijara en cada detalle de la decoración, ni en cada libro de las estanterías, así que intentó distraerla con las vistas.

Desde la terraza del salón, podía contemplarse el océano Pacífico, con sus olas embravecidas.

–¿Quieres ir a la playa?

–Igual después –contestó ella y, con total libertad, siguió adentrándose en la casa, hasta el dormitorio de él.

–¿Dónde están los criados?

–No tengo criados. Hay alguien que viene a limpiar de vez en cuando.

–¿Entonces estamos solos?

Mikael no respondió. Era obvio que la princesa no sabía lo que era vivir sola, pues nunca lo había experimentado.

Después de asomarse al vestidor y al estudio, Layla comentó que era un lugar muy hermoso e intrigante. A diferencia de su palacio, la casa no albergaba los retratos de todos los antecesores de su dueño. En la pared, le llamó la atención un cuadro que exhibía una larga línea roja, fracturada en varios puntos.

–¿Qué es eso?

–Una cuerda salvavidas, como las de los barcos –contestó él. Aquella era su obra de arte favorita. Le había costado una fortuna, pero le gustaba porque le recordaba a su propia vida... no solo a su pasado, sino a sus clientes, a sus víctimas.

–¿Una cuerda salvavidas? –repitió ella y la miró de nuevo. Tras un instante, señaló la primera fractura de la cuerda–. ¿Esto sería tu vida en Rusia?

–Es solo un cuadro.

Sin embargo, para Mikael era más que eso. Contemplándolo, adivinó que la siguiente fractura de la cuerda le recordaría al momento en que Layla se fuera de su vida.

–Layla... –dijo él, rompiendo el incómodo silencio. Había algo que tenía que preguntarle. Si ella sentía lo mismo que él, necesitaban aclararlo–. ¿Estás segura de que quieres...?

Ella no quería escuchar su pregunta... no quería que la tensión siguiera creciendo entre ellos. Por eso, lo interrumpió para impedir que formulara las palabras.

–Creo que yo podría pintar eso también –comentó ella, cambiando de tema–. Si tienes pintura roja, puedo hacerte otra... –añadió. Entonces, al ver el rostro contraído de él, lo besó–. Solo era una broma. Me encanta tu casa. Es muy... muy tuya –señaló.

–¿Qué te apetece hacer?

–Ya te lo he dicho. Quiero aprender a conducir.

–Layla, para eso hace falta tiempo. No se aprende en un par de días –explicó él–. ¿Qué otra cosa quieres hacer?

Ella bajó la vista a sus deliciosos labios y, luego, lo miró a los ojos.

–Pues enséñame a echar un polvo.

Mikael sabía que había aprendido esa palabra de él, lo cual no lo enorgullecía. Preferiría no habérsela enseñado nunca.

–No es una bonita elección de palabras.

–Tú lo dijiste la otra noche. Dijiste que esa mujer no quería pederse un buen...

–Amante –lo interrumpió él.

–Quiero tener otro orgasmo.

–Eso está mejor.

–Quiero que tú también lo tengas. Quiero verlo.

Petrificado, Mikael decidió elegir la opción más segura que tenía a su alcance.

–Te enseñaré a conducir.

Con una enorme sonrisa, Layla lo siguió hasta el coche.

–Crees que has ganado, ¿verdad?

–Sí.

Dentro del vehículo, Mikael trató de enseñarle algunos detalles básicos, pero ella no hacía más que jugar con la radio.

–Escúchame, Layla –la reprendió él, apagando el aparato por cuarta vez–. Si te digo que frenes, tienes que frenar... sin discutir.

—Lo sé.

—Yo mando aquí —le advirtió él y, al ver que ella apretaba los labios para contener una carcajada, se puso furioso. ¿Acaso no había nada que Layla se tomara en serio?

Un huracán de largo cabello y ojos negros había entrado en su vida y lo había cambiado todo, reconoció él. Y ella ni siquiera parecía consciente del daño que iba a dejar tras su paso.

—¡Layla! —exclamó él, cuando ella iba a encender la radio otra vez. Quizá, su tono furioso era desproporcionado a la situación, pero no pudo evitarlo.

—¿Puedo recordarte que soy una princesa...?

Montando en cólera, Mikael salió del coche, dio un portazo y se dirigió hacia la casa. Ella lo siguió a todo correr.

—No me dejes plantada —ordenó ella—. Mikael. No me dejes plantada.

Pero, de pronto, Layla cambió de opinión al ver la mirada de él, cuando se giró y comenzó a caminar hacia ella.

—De acuerdo. Puedes irte y dejarme plantada.

Sin embargo, él no se detuvo hasta estar a pocos centímetros.

—Nunca más vuelvas a decirme que eres una princesa —amenazó él.

—Pero lo soy.

—¿Acaso crees que no lo sé?

—Estás enfadado conmigo.

—Tú... me sacas de mis casillas —le espetó él, perdiendo los nervios—. Toma las llaves —añadió y se las tiró al suelo—. Mejor aún, te llevaré de vuelta al hotel y te dejaré allí. O mejor, te llevaré a la ciudad y te dejaré en la calle. Estoy harto.

Tras recoger las llaves, Mikael se encaminó al coche. Era mejor alejarse de ella cuanto antes, se dijo.

–Vamos.

–¿Adónde?

–Te lo acabo de decir.

–No puedes dejarme en la ciudad.

–Claro que puedo.

–Todo el mundo me está buscando.

–Te encontrarán enseguida –replicó él y le abrió la puerta–. Entra.

–No.

–Entra.

–No.

–Bien. Pues quédate aquí. Yo me voy al hotel...

Cuando Mikael arrancó, ella se puso delante del coche.

Él se quedó allí sentado, con el aire acondicionado, mientras ella esperaba bajo el abrasante sol australiano.

No podía seguir fingiendo que no la amaba, admitió para sus adentros.

La vida había sido mucho más sencilla antes de que ella hubiera aparecido, se dijo, mientras Layla daba unos golpecitos en su ventanilla y esperaba que la abriera.

–Por favor, no te vayas –rogó ella–. Estaba jugando, cuando debería haberte prestado atención –continuó, pero él no quería mirarla–. Lo siento.

–¿Qué sientes?

–No escucharte cuando estabas intentando enseñarme.

Mikael se dispuso a cerrar de nuevo la ventana.

–Y siento ser una princesa añadió ella.

–Puedes ser una princesa, Layla, pero no cuando estamos solos tú y yo. ¿Lo entiendes?

–Eso creo.

–Cuando te digo que dejes de hacer algo o que hay algún peligro, debes escucharme con atención.

–Eres como mi padre y como mi hermano...

–Por favor... –la interrumpió él con gesto de desaprobación–. ¿Sabes que estoy empezando a ponerme de su lado? Si han tenido que soportarte durante los últimos veinticuatro años, tienen toda mi admiración.

–Solo nos quedan dos días para estar juntos y quieres estropearlos siendo cruel conmigo.

–No siempre puedes salirte con la tuya, Layla. Tus rabietas no lograrán nada.

–Hasta ahora, me han funcionado.

–Pero no te servirán con las cosas importantes –avisó él–. ¿Quieres aprender a conducir o no?

–Sí.

–¿Quién manda cuando estás aprendiendo a conducir mi coche?

–Tú.

En esa ocasión, Layla sí lo escuchó.

Media hora después, entre frenazos y acelerones, regresaron al punto de salida.

–Más a la derecha –indicó él, a punto de echar el freno de mano.

Layla enderezó el vehículo, aunque un poco tarde.

–¿Qué ha sido ese ruido?

–Un raspón en la parte trasera.

–Ah –dijo ella y frenó–. ¿Qué tal lo he hecho?

–Muy bien –contestó él. En vez de salir corriendo para examinar el daño que había sufrido el coche, se relajó en el asiento, rindiéndose a la situación.

El suyo era un amor sin esperanza y sin sentido. Pero no podía negarlo.

Layla era lo más importante para él.

Eso significaba que tenían que hablar de algo. Y no dejaría que ella volviera a interrumpirlo.

Capítulo 12

LAYLA sacó su nuevo bikini de la maleta y se lo puso. Nadaron en el mar, hasta que, muertos de hambre, regresaron a la casa.

Ella había decidido hacer la comida.

Con el pelo recogido y el bikini todavía húmedo, comenzó a freír unas gambas, bajo la atenta inspección de Mikael.

—Qué buena pinta tiene. Estoy deseando hablarle a mi padre de las gambas —comentó ella.

Mikael eligió ese momento para formular la pregunta que ella no le había dejado hacerle antes.

—¿Quieres volver a Ishla?

—Claro que sí.

—¿Estás segura? —insistió él.

Layla volvió la cara, frunciendo el ceño. Hasta esa mañana, no había pensado en que tendría que despedirse de todo aquello. Ni siquiera se le había ocurrido que, tal vez, no deseaba volver a Ishla. Ni que pudiera haber otra opción.

—Estoy segura —afirmó ella, aunque le tembló la voz—. Quiero a mi familia.

—Eso lo sé.

—Mi padre se moriría de pena si no volviera —señaló ella, agitada—. Se moriría.

—De acuerdo —dijo él con tono tranquilizante.

–No me gusta esa pregunta. No me gusta cómo me hace sentir. Por favor, no vuelvas a preguntarme cosas como esa.

–Está bien.

Mikael apagó el fuego y la abrazó por detrás hasta que ella se relajó. Aun así, podía sentir cómo le latía el corazón a toda velocidad, agitado por sus pensamientos.

–Vete –pidió ella, buscando estar a solas para calmar su ansiedad–. Ve a ducharte. Quiero preparar la comida sola.

Mikael hizo lo que le pedía, preguntándose cómo podría haber abordado el tema con más delicadeza.

Pero, de pronto, se dio cuenta de algo.

¿Y si ella le hubiera contestado que no quería volver a Ishla?

¿Acaso había estado pidiéndole que fuera su esposa?, se preguntó, sorprendido consigo mismo.

Layla estaba decidida a que le saliera bien la comida... aunque le resultó muy difícil partir el tomate con el cuchillo de la mantequilla.

Y la cebolla le hizo llorar.

¿O era ella quien lloraba sin más?

En silencio, Layla maldijo a Mikael por haberle hecho esa pregunta. Lo maldijo por haberle hecho desear quedarse allí y no volver a su casa, con su familia.

–¡Mikael! –gritó ella, sintiéndose de pronto furiosa. Como un tornado, se dirigió al dormitorio. Escuchó la ducha en el baño, pero eso no la detuvo.

Lo que vio al entrar, sin embargo, la paralizó... e hizo que se desvaneciera su furia.

Cuando levantó la cabeza, Mikael la descubrió mirando conmocionada la parte de su anatomía donde él había estado concentrándose.

Enseguida, la sorpresa de Layla se transformó en una deliciosa sonrisa y se metió en la ducha con él.

–Continúa –dijo ella.

Mikael no estaba seguro de poder hacerlo... hasta que ella comenzó a besarlo en el pecho.

–¿Por eso te duchas tan a menudo? –preguntó ella, medio riendo–. ¡Yo pensaba que eras muy limpio!

Layla adoraba sentir la tensión en los músculos de Mikael y su piel mojada. Sin pensarlo, se despojó del bikini y se puso de rodillas para besarle desde las piernas hacia arriba... Con desesperación, deseó saborear lo que no debía probar.

Mikael estuvo a punto de apartarla, pero quería que ella lo viera y disfrutara de su placer también. Así que le tomó la mano y la colocó sobre la suya, de forma que no le tocaba el miembro, pero podía sentir el movimiento, su dureza y su excitación.

–Oh... –susurró ella. Era la cosa más maravillosa que había sentido, pensó, observándolo con fascinación. Entonces, sus manos se detuvieron, él soltó un gemido y roció su esperma sobre ella.

Layla estuvo a punto de llegar al clímax de tanto como disfrutó viéndolo.

–¿Qué es ese ruido? –preguntó ella, sobresaltada de pronto.

Mikael saltó fuera de la ducha.

–¿Qué pasa? –inquirió ella, siguiéndolo–. Mikael, ¿qué es ese olor?

Layla descubrió lo que era un extintor, mientras Mikael, desnudo, apagaba las llamas de la sartén que ella había dejado desatendida.

–¡Tenías que haber apagado el fuego! –le gritó él.

–¡Y tú no tenías que haberme incendiado a mí!

Desde luego, Layla tenía respuesta para todo, se dijo Mikael. Mirando cómo el humo negro impregnaba las paredes de su cocina, no pudo evitar pensar en lo mucho que iba a echarla de menos.

–Yo haré la comida –dijo él–. Primero, voy a vestirme...

–¿Por qué? –preguntó ella, rodeándolo con sus brazos–. Me gusta que estemos así...

A él también le gustaba.

–Luego podíamos jugar al ajedrez –sugirió ella.

Compartieron una comida rápida y sencilla, consistente en sándwiches de tomate con mucha pimienta negra. A continuación, Layla, desnuda, tomó dos peones, uno de cada color, y se los tendió con las manos cerradas.

Mikael eligió la mano derecha y le tocaron las fichas negras. Excitada, ella se tumbó junto al tablero, apoyada en los codos. Le resultaba muy emocionante jugar con él.

–No quiero que me dejes ganar –advirtió ella.

–Eso no pasará.

Tres movimientos después, Layla estaba a la defensiva y Mikael, atacando. Pero, al siguiente turno, ella le comió el alfil.

–Soy muy buena en este juego –dijo ella con una sonrisa.

–Sí –afirmó él–. Pero yo soy mejor. He jugado mucho –explicó y compartió con ella algunas historias de cuando había vivido en las calles y el ajedrez lo había ayudado a mantener la cordura.

–Yo también he jugado mucho –indicó ella–. Si no, me habría vuelto loca. Antes de tener a mis alumnas, el ajedrez era mi mejor compañía.

Mikael levantó la vista.

–¿Has oído el refrán que dice que, al final del día, el peón y el rey van juntos en la misma caja?

–No –repuso ella, pensativa.

–Jaque mate –señaló él con una sonrisa–. Se te distrae con facilidad. Tienes que concentrarte.

–Algún día, te ganaré –advirtió ella pero, al instante, su sonrisa se desvaneció. Por mucho que quisiera esconderse del mundo, todo a su alrededor le recordaba que el reloj no hacía más que avanzar. Sin embargo, se negaba a deprimirse–. Tengo sed, Mikael –dijo, mientras movía su rey para ponerlo a salvo.

–Pues bebe algo.

Pero Layla no se movió del sitio. Sus fichas adoptaron la posición de ataque.

–Tengo mucha sed, Mikael.

–Bien –respondió él, negándose a dejar que lo distrajera–. ¿Quieres que me levante y te abra el grifo?

Layla le lanzó una mirada en silencio y se levantó. Mikael no solía desconcentrarse con nada, sin embargo, se dio cuenta de que el movimiento que acababa de hacer había dejado un punto débil en su defensa. Con gesto serio, esperó que ella no se diera cuenta.

Pero, cuando Layla volvió a sentarse, movió el alfil hacia el flanco que él había dejado sin defender.

–Tu teléfono está sonando –señaló ella, al mismo tiempo que sacrificaba su reina.

–¿Y?

Mikael dejó que la llamada entrara en el buzón de

voz. Aun así, pronto, Layla cruzó el tablero con un peón y consiguió otra reina.

Ella sonrió, pero él siguió serio. El teléfono continuaba sonando.

–¿Qué diablos querrá Demyan? –dijo él, irritado.

–¿Cómo sabes que es él? –preguntó Layla, mientras su compañero de juego se levantaba.

–Tiene su propio tono de llamada.

La expresión irritada de Mikael se tornó grave. Incómoda, Layla lo escuchó hablar con su amigo en ruso.

–¿Qué quería? –preguntó ella cuando colgó, presintiendo que algo no iba bien–. ¿Es el bebé?

–El bebé está bien.

Layla se relajó un momento. Sin embargo, cuando Mikael la tomó de las manos, ella supo que iba a escuchar malas noticias.

–Demyan y Alina sintieron curiosidad por ti y buscaron tu nombre en internet. Tu desaparición ha saltado a la prensa. La policía te está buscando...

–No –gimió ella–. No –repitió–. No me encontrarán aquí.

–Sí, Layla, te encontrarán. Los empleados del hotel te reconocerán y la reserva estaba a mi nombre. Esto es algo serio.

Mikael la soltó y encendió la televisión. Nada más poner las noticias, salió un primer plano de la princesa.

La policía llegaría en cuestión de minutos.

–Tienes que volver.

Layla no respondió.

–Es mejor que regreses por voluntad propia a que la policía te encuentre.

–Una noche más –rogó ella–. Mikael, por favor, solo otra noche –suplicó–. Solo una noche más y te prometo que volveré. Nunca más te molestaré, Mikael. Por favor, dame otra noche más.

–Una noche más... –repitió él–. Iremos en mi yate.

Al instante, Mikael se puso a preparar una bolsa con provisiones y con champán. Quería darle lo mejor a Layla en su última noche.

–Ve a vestirte y elige la ropa que quieres llevar puesta cuando vuelvas con tu familia.

–Pero me cambiaré aquí, mañana –repuso ella, frunciendo el ceño.

–No vamos a volver, Layla. Si nos vamos, tiene que ser ahora.

Era el pensamiento más horrible que ella podía imaginar y no supo cómo responder.

–Vamos, Layla –indicó él con voz suave, para calmarla. Sin pensarlo dos veces, la ayudó a vestirse y se dirigieron al coche a toda prisa.

–Mikael... –comenzó a decir ella, cuando su acompañante le abrió la puerta del copiloto.

–No voy a dejarte conducir, así que ni me lo pidas.

–No, claro que no –aceptó ella con tono serio–. Esta noche, si te suplico que me hagas el amor, si te digo que no me importa, por favor...

–No te preocupes, Layla. Estarás bien.

Ella sabía que era cierto.

Pero solo mientras estuviera bajo su cuidado.

Capítulo 13

ERA como su última noche de vida.

Mikael llevó el yate lejos de la costa y echó el ancla en una cala escondida.

Layla estaba apoyada en la barandilla, contemplando el paisaje, y al verla se preguntó cómo iba a darle una noche de ensueño, sabiendo que ella se iría al día siguiente.

Notando cómo él la miraba, la princesa se dijo que el próximo atardecer que vieran sus ojos sería en Ishla.

¿Por qué se lo había contado Zahid a su padre?, se preguntó con lágrimas en los ojos, sufriendo por el dolor que sabía que le había causado al rey.

Ella solo había querido tener una semana de libertad.

—Es precioso —comentó la princesa cuando Mikael se acercó. Sin embargo, ni siquiera la belleza del atardecer podía calmar su dolor—. ¿Por qué han tenido que decírselo a mi padre? ¿Por qué han tenido que avisar a la policía?

—Supongo que anoche se preocuparon mucho, cuando no les mandé el mensaje de texto para decirles que estabas bien a la hora habitual. Les escribí demasiado tarde.

—Debería haberte llamado —admitió ella—. Nunca se me ocurrió hacerlo. Además, no tenía teléfono.

—Lo sé —dijo él, rodeándola con sus brazos.

En silencio, miraron hacia el horizonte.

–Hiciste bien en mandar esos mensajes a Zahid –continuó ella–. Si no lo hubieras hecho la primera noche, estoy segura de que habrían informado a mi padre por la mañana. Al menos, hemos tenido algo de tiempo.

–Ni siquiera ha sido una semana –observó él–. Al menos, ¿lo has pasado bien estos días?

–Han sido maravillosos. Tú eres maravilloso.

Mikael preparó su cena favorita, mientras ella lo contemplaba desde la mesa. Luego, cenaron en la cubierta con unas copas de champán.

–¿Todavía no te has cansado de las gambas?

–Eso nunca.

Layla se estremeció un poco cuando él le preguntó qué sucedería después de que regresara a Ishla.

–Sé que me dijiste que tendrías problemas, ¿pero de qué clase?

–Supongo que mi padre me prohibirá tener ordenador. Y tendré que disculparme con Trinity y Zahid. Quizá no me dejen seguir siendo maestra... –contestó ella y pensó en sus alumnas y en lo mucho que la echarían de menos–. He sido muy egoísta. Las niñas tendrán que renunciar a nuestras clases por mi culpa...

–No será por mucho tiempo, supongo –dijo él para tranquilizarla.

–Mi padre ya me ha advertido de que a mi futuro marido no le gustará que sea maestra –explicó ella, meneando la cabeza–. Mi padre adelantará la boda, imagino. Me dirá que, con mi comportamiento, no le he dado elección.

–Layla...

–Por favor, no vuelvas a hacerme esa pregunta.

Mikael soltó un suspiro, exasperado.

–En mi hogar, soy querida y soy feliz –prosiguió

ella–. He querido correr una aventura y lo he hecho. Lo malo es que he olvidado la primera regla del ajedrez.

–¿Y cuál es?

–Pensar más allá del siguiente movimiento –repuso ella–. Planeé mi huida y todas las cosas que quería hacer, pero olvidé pensar en la despedida. Nunca se me ocurrió que sería dolorosa... nunca creí que podía preferir quedarme.

Mikael quiso hablar de nuevo, pero ella se lo impidió, meneando la cabeza.

–No podría hacerle eso a mi padre, ni a mi país, ni a mi gente.

–¿Aunque no seas feliz?

–Claro que seré feliz. Solo echaré de menos esto –afirmó ella. A quien más iba a echar de menos, sin embargo, era a Mikael, pensó. Pero no podía confesarle sus sentimientos, porque eso solo haría las cosas más dolorosas para ambos–. Tengo muchas ganas de llorar.

–Vamos –indicó él y la condujo a un diván donde estuvieron un rato tumbados en silencio–. ¿Te arrepientes de algo?

–No. ¿Y tú?

–No –contestó él, pero se quedó pensativo un momento–. Desearía haberte buscado ese canuto que me pediste.

–Ahora no lo necesito –aseguró ella. Estar tumbada allí en sus brazos era el paraíso.

Era una noche sin luna y el cielo, un manto de estrellas relucientes. De pronto, una estrella fugaz rasgó el firmamento sobre sus cabezas.

–Acabo de pedir un deseo –informó ella, sonriendo.

–No puedes decirme qué es.

–De acuerdo.

Layla lo miró y pensó en lo afortunada que era por poder estar con él, aunque solo fuera un poco más.

–Lo he hecho todo –continuó ella–. He bailado...

–¡Y bailas muy bien!

–He tenido una cena romántica con un hombre muy atractivo. Nos hemos dado las manos, nos hemos besado... –recordó ella y lo miró a los ojos–. Y hemos excedido mi lista de deseos con los orgasmos.

–Bien.

–Me has regalado flores, he pasado un día entero en la cama... He pasado un día haciendo turismo.

–¿Qué ha sido lo que más te ha gustado?

–Aparte de los orgasmos, tu fiesta de fin de juicio –repuso ella de inmediato–. ¿Te lo has pasado bien tú, Mikael?

–Mucho.

–¿Qué es lo que más te ha gustado?

Aunque intentó pensarlo, Mikael no pudo elegir. Recordó cuando ella lo había reprendido por no atenderla como merecía, cuando le había mostrado el rubí... Todo era inolvidable.

–Me ha gustado todo. Aunque siento nuestra pelea.

–¡Mikael! A mí me encantó nuestra pelea. Si no hubiera sido por ella, no me habrías ofrecido llevarme a tu casa para consolarme...

Él rio.

–¿Me estabas manipulando? ¿Es que siempre te sales con la tuya? –replicó él, más impresionado que molesto.

–Siempre –afirmó ella con una sonrisa–. Todo lo que digo, lo hago para conseguir lo que quiero... –aseguró y, tras un momento de silencio, lo miró sonriendo–. ¿Podemos tener sexo como lo hacen los actores en las películas?

Ese era el deseo que Layla había pedido a la estrella fugaz.

Y él lo haría realidad.

—Sí —afirmó Mikael, decidido a complacerla el resto del tiempo que les quedara.

—Puedes grabarlo con tu teléfono y, luego, lo veremos juntos —propuso ella, mientras lo seguía al camarote.

—¡No!

—Sería divertido.

—Ni hablar —repitió él y lo decía en serio, aunque estuviera riendo.

Iba a echarla tanto de menos...

—Eres muy bueno conmigo —comentó ella, mientras observaba cómo se afeitaba para no hacerle daño con sus besos.

—¿Por qué no iba a serlo?

—Mucha gente cree que eres un cerdo sin escrúpulos. Ellos no te conocen.

—Ni quiero que me conozcan.

A Mikael siempre le había gustado ser un lobo solitario. Su profesión y alguna aventura esporádica habían sido más que suficiente para él. Sin embargo, esa noche, supo que no iba a poder seguir sintiéndose satisfecho con eso nada más.

—¿Recuerdas lo que te dije en el coche? —preguntó ella, mientras él se secaba la cara—. ¿Que aunque te suplique...?

—Layla, no tienes que preocuparte por eso —aseguró él—. Bueno, ¿dónde quieres que me ponga?

—¿Cómo?

—¿Quieres que finja volver del trabajo o quieres que estemos ya en la cama? ¿Qué hacían en esa película que viste en la televisión?

Ella empezó a reírse a carcajadas. Le encantaba esa faceta oculta de Mikael, con tanto humor.

Lo cierto era que estaba loca por él.

—Finjamos que estamos en un barco, navegando para siempre... Como si no hubiera mañana.

Se habían besado muchas veces, pero Mikael nunca había sido tan tierno como en ese momento, mientras le acariciaba la espalda y, despacio, le desabrochaba el sujetador. Ella bajó la mano a sus pantalones y, por encima de la tela, le agarró su erección, sujetándola y acariciándola.

Mikael le apartó la mano y la llevó a la cama. Ella se quedó allí tumbada, contemplando cómo se desvestía. Juntos, se metieron bajo las sábanas.

Por primera vez, él le besó los pechos, le lamió y chupó los pezones, haciéndola estremecer.

—Quítamelo —pidió ella, cuando los dedos de él se deslizaron bajo la braguita del bikini.

Pero Mikael no quería hacerlo.

Así que lo hizo ella.

Mientras seguían besándose, se desató los lazos que sujetaban las braguitas en su sitio y se quedó desnuda por completo. Luego, llevó la mano adonde no debía y lo sujetó junto a su entrada más íntima.

Mikael se incorporó.

—¿Solo un poco? —sugirió ella.

—Ni hablar —repuso él y cubrió la mano de ella con la suya, sintiendo su suavidad y su movimiento mientras lo acariciaba.

Despacio, Mikael la besó en los muslos, hasta que ella le rogó que volviera a saborearla en el sitio prohibido.

En esa ocasión, él le levantó las piernas y se las colocó encima de los hombros. Layla podía percibir su aliento y cada una de las caricias de su lengua, cada vez más intensas hasta hacerla gemir, de deseo y, también, de frustración. Quería tenerlo dentro.

Aunque se esforzaba en actuar con suavidad, Mikael ansió hundir el rostro entre sus piernas y chupar y mordisquear hasta que ella estuviera lista.

–No me importa, Mikael... –susurró ella, intentando liberarse y colocar su cuerpo debajo de él para que la poseyera–. No me importa lo que pase cuando regrese...

Pero él la sujetó de las piernas y, con experta lengua, le hizo olvidar momentáneamente su súplica y llegar al orgasmo ante su boca.

Sin embargo, ella quería más.

–Quiero saborearte –pidió Layla, sonriendo cuando él gimió de excitación.

–Dijiste...

–Puedo hacerlo –repuso ella. Haría sus propias reglas, decidió. Poseería a Mikael de la única forma que podía, con su boca–. Por favor, Mikael, te prometo que solo haré esto contigo.

Él se tumbó boca arriba y ella se colocó encima. Inclinándose, comenzó a besarlo muy despacio, desde la base de su erección hacia arriba.

–Mi pelo... –murmuró ella. Levantó la cabeza y se lo sujetó en un nudo–. Así está mejor. Ahora puedo concentrarme.

Lo besó con los ojos abiertos... no solo su apetitosa erección, sino también los testículos, que se metió uno por uno en la boca. Quería recordar cada parte de su cuerpo para siempre.

Ella estaba tan excitada como cuando la había besado entre las piernas. Entre gemidos, él la agarró de los glúteos e hizo que bajara un poco más la cabeza.

Layla le recorrió la punta con la lengua y, luego, se la metió en la boca, cada vez en más profundidad, una y otra vez, mientras movía la mano al mismo tiempo.

Era como si se hubiera casado con él, se dijo a sí misma. Nunca jamás volvería a experimentar ese placer con nadie.

Layla se olvidó del mundo un momento, perdida en su propio orgasmo. Y, justo cuando las oleadas de placer comenzaban a cesar en su vientre, sintió que el miembro de él se hinchaba y eyaculaba.

Mikael había querido avisarla. Pero no había podido, subyugado por la fuerza y rapidez del clímax.

Cuando Layla levantó la cabeza con la boca cerrada y las mejillas llenas, él no pudo evitar sonreír. De alguna manera, sabía que no se sentía ofendida.

Pero, en vez de escupir, ella respiró hondo y tragó.

—¡Oh, Mikael! —exclamó ella, perpleja, y sonrió—. Ha sido fantástico.

—Sí.

—Con un poco más de práctica, creo que... —comenzó a decir ella, pero se interrumpió. Casi se les había acabado el tiempo.

—Ven aquí —susurró él y la abrazó con fuerza.

Aquella era su última noche juntos.

Y ninguno de los dos quería que acabara.

Capítulo 14

MIKAEL no durmió.

Durante toda la noche, oyó un helicóptero sobrevolando la zona y se preguntó si estaría buscando a Layla.

Cuando ella comenzó a despertar, la besó en la cabeza e inspiró su aroma. Olía a océano.

El tiempo se les había acabado.

–¿Layla? –llamó él, al ver que ella seguía con los ojos cerrados–. Sé que estás despierta –añadió y, cuando ella sonrió, él sonrió también–. ¿Quieres desayunar?

–No, estoy mareada.

Aunque ella tenía los ojos cerrados, Mikael vio la humedad que los rodeaba.

–Gracias por una noche maravillosa.

–Ha sido un placer.

Layla abrió los ojos y, en ese momento, supo que era así como quería estar siempre. Con Mikael a su lado todas las mañanas.

Mikael le dio la mano. Sin querer, se había enamorado y no podía negarlo.

–Cásate conmigo.

A Layla se le encogió el corazón al escuchar sus palabras y se le saltaron las lágrimas. No era posible que tuvieran un futuro juntos. Por eso, le respondió de la mejor manera que se le ocurrió, pues no quería hacer las cosas más difíciles.

Se rio.

–Layla... Hablaré con tu familia –insistió él, sin dejarse intimidad por su risa–. Convenceré a tu hermano...

–Mikael, te aburrirías sin poder trabajar.

–Quiero decir que te cases conmigo y vivas aquí.

–Mikael, yo vivo en un palacio –contestó ella, después de incorporarse en la cama–. Por muy bonita que sea tu casa, ¿crees que voy a renunciar a mi vida?

Él no dijo nada.

–¿Renunciarías tú a tu vida para vivir en Ishla? –preguntó ella.

–Si me dejas hablar con tu padre, podemos organizarnos y llegar a un acuerdo –repuso él.

–¿Acaso crees que mi padre va a escucharte? –se burló ella con otra carcajada–. Claro que no. Es hora de que vuelva con mi familia. Te dije que, si me dabas una última noche, volvería feliz con ellos. Tengo que mantener mi promesa.

Mikael se quedó callado.

Layla se levantó para ir al baño y cerró la puerta. Ante el espejo, se dijo que podía hacerlo. Intentó recordarse lo mucho que quería a su familia.

Sin embargo, en el dormitorio, había un hombre al que quería de forma diferente. Tenía el corazón roto.

Poniéndose el vestido y las sandalias, se sintió como si estuviera vistiéndose para su propia ejecución.

Quiso gritar el nombre de su amado, rogarle que arreglara las cosas.

Pero no lo hizo.

–¿Puedes llevarme de regreso con mi familia ahora? –pidió ella–. Quiero que mi padre sepa que estoy bien.

Hasta el mar estaba en su contra, porque las aguas estaban en calma y navegaron a toda velocidad. Mikael se preguntó si la policía lo estaría esperando en el muelle y si podrían despedirse como era debido.

Al llegar, allí los estaba esperando el coche, sin nadie más.

—Me encanta conducir —comentó ella, mientras se sentaba—. He hecho todas las cosas que quería y mucho más.

Entonces, con torpeza pero a toda prisa, la princesa se puso el cinturón. Si esperaba a que se lo pusiera él, se echaría a sus brazos y le rogaría que no la dejara irse.

Wendy llamó a Mikael para informarle de que la policía había estado en su despacho y había pedido que los llamara lo antes posible.

—Gracias.

Sin comunicarle a Layla el mensaje, Mikael condujo en silencio. Cuando se acercaban a la ciudad, ella encendió la radio.

—No —dijo él y la apagó.

—Déjame oír lo que dicen.

Mikael cedió y, en las noticias, enseguida comenzaron a hablar de la princesa desaparecida.

Ella dio un respingo enfadada cuando el locutor informó de que sufría de crisis nerviosas y podía necesitar atención médica urgente. Sin embargo, su rabia se tornó en llanto cuando la radio reprodujo una entrevista con su padre.

Aun sin escuchar la traducción, Mikael podía percibir el miedo y el dolor en la voz del rey.

—*Quiero a mi hija. Es mi posesión más preciada. Por favor, Layla, vuelve con tu familia* —suplicó el rey de Ishla ante el micrófono—. *Por favor, quienquiera que la esté ocultando que la cuide mucho. Si a ella le pasara algo, no podría seguir viviendo.*

A continuación, el locutor señaló que la casa real de Ishla había comunicado que, si no había noticias de ella por la mañana, el mismo rey viajaría hasta Australia para buscarla.

Solo faltaban unas horas para que amaneciera en Ishla. Debía darse prisa, se dijo Layla.

—Déjame en el hotel de Zahid y Trinity.

—No voy a dejarte sin más. Iré contigo para hablar con tu hermano —afirmó él.

—¡No! ¡No lo harás!

—¿Crees que voy a dejarte salir del coche e irme...?

—Si te importo, eso es lo que vas a hacer.

No había querido que las cosas acabaran así, pensó Layla, apoyando la cabeza en la ventanilla. Había planeado despedirse con una sonrisa.

Con ganas de llorar, deseó que Mikael diera media vuelta y la llevara a su casa. Sin embargo, no podía dejar que él lo supiera.

—¡Aquí! —indicó ella al pasar ante la cafetería donde había desayunado con él. Conocía el camino hasta el hotel desde allí—. ¡Déjame aquí!

—No puedo...

—Ha sido divertido —lo interrumpió ella con el corazón hecho pedazos—. ¿No podemos dejarlo así?

—Layla...

—Por favor, para el coche y déjame salir.

Era lo más difícil que ella había hecho en su vida.

Verla partir e irse también fue lo más difícil que Mikael había hecho jamás.

Cuando entró en su oficina, saludó a Wendy con un seco gesto de la cabeza y se encerró en el despacho.

Lo mejor que le había pasado en la vida acababa de desaparecer. Y él no había podido hacer nada para evitarlo.

Respirando con dificultad, intentó hacerse a la idea de que iba a tener que vivir sin ella.

El interfono sonó, pero él lo ignoró.

–¡Mikael! –llamó Wendy desde el otro lado de la puerta.

–¡No quiero saberlo! –gritó él.

–Yo creo que sí –repuso Wendy, asomándose por la puerta–. Han llamado de la cafetería donde sueles desayunar. Parece que Layla está allí. Se han enterado de su desaparición por las noticias pero, en vez de llamar a la policía, te han llamado a ti.

–¡Diles que la dejen irse!

–La han llevado a una mesa apartada y han puesto carteles de *reservado* en las de alrededor. Ella no sabe que te han llamado.

Mikael salió volando y, en dos minutos, entró en la cafetería.

–Layla está bien –le informó Joel, el camarero–. Bueno, está llorando. Entró y me pidió un café irlandés. No creo que sean horas para tomar un irlandés, pero es difícil decirle que no a una mujer tan hermosa.

Cuando llegó a la mesa, Mikael la descubrió llorando, abrazada a su café, que ni siquiera había probado.

–¿Por qué lloras?

Ella se sobresaltó un poco, pero ni siquiera intentó secarse las lágrimas.

–Estoy muy confusa, Mikael. Esto tenía que ser divertido. He hecho todo lo que quería y no entiendo por qué estoy tan triste.

Sin pensárselo, él se sentó a su lado y la tomó de las manos.

Posando los ojos en la cicatriz que Layla tenía en la muñeca, decidió intentarlo otra vez. No solo no quería que se fuera... se le revolvían las entrañas de imaginársela con otro hombre, teniendo que hacer cosas que ella no quería.

–Layla, te lo repito otra vez. ¿Quieres casarte conmigo? Lo arreglaremos todo juntos. Hablaré con tu hermano, con tu padre...

–No. No puede ser.

–Layla...

–Por favor, Mikael. Me estás haciendo las cosas más difíciles. Solo quería tomarme un café tranquila antes de ver a mi hermano. Estoy asustada y enfadada con ellos porque se lo hayan dicho a mi padre –confesó ella, sin poder dejar de llorar.

–¿Te puedo ayudar de alguna manera? –preguntó él. Aunque no quería que se fuera, debía hacer lo posible para facilitarle las cosas, se dijo.

–Sí –afirmó ella, tragándose un sollozo–. ¿Puedes hablar con Zahid? ¿Puedes decirle que no ha pasado nada entre nosotros...? ¿Puedes decirle que me he quedado en casa de tus amigos casados y que, cuando le enviabas los mensajes de texto cada noche, yo no estaba contigo?

–¿Facilitaría eso las cosas para ti?

–Mucho. Si mi padre cree que estaba a solas con un hombre... –balbuceó ella, meneando la cabeza–. No puede saberlo. Pero, por favor, solo hazlo si estás seguro de que puedes actuar como si no sintieras nada por mí.

Mikael la abrazó y la besó. Fue un beso tierno, pero cargado de pasión.

—No sé cómo podría dejarte marchar —confesó él.

—Si te importo, tienes que hacerlo. Quiero a mi familia. Estarán enfadados, sí, pero no son unos salvajes. Son la gente a la que quiero y ellos me quieren a mí.

El corazón de Mikael estaba agonizando.

—Por favor, no me lo hagas más difícil —repitió ella.

Y, sin poder evitarlo, Mikael se comprometió a llevar a cabo una tarea imposible.

—Nos reuniremos con ellos en mi oficina.

Capítulo 15

REPASARON juntos una y otra vez la versión que iban a contar antes de que Mikael llamara a Zahid.

—Haré que Wendy prepare la factura de mis honorarios.

—¡Que no se pase! —bromeó Layla con una sonrisa.

—Sí... y añadiré los gastos del hotel...

—¿El hotel?

—Seguro que los empleados reconocieron tu foto en las noticias y llamaron a la policía. Tu familia ya debe de saber que te alojaste allí. Le diré a Zahid que fue antes de que te quedaras en casa de Demyan y Alina.

Mikael llamó al hotel y pidió que le enviaran la factura con todos los gastos... menos el del café irlandés.

Luego, llamó a Demyan y Alina, para confirmar con ellos su coartada.

—Todas las noches —reiteró Mikael a su amigo—. Alina o tú me llamabais para informarme de que Layla estaba bien y, después, yo enviaba los mensajes de texto a Zahid. La otra noche, el bebé no paraba de llorar, así que os olvidasteis de llamarme hasta tarde.

—De acuerdo —repuso Demyan—. ¿Pero no hay ninguna manera de que Layla se quede...?

Mikael respondió a su amigo en ruso, para que Layla

no lo entendiera, pero su rabia y su dolor quedaban patentes en sus palabras.

Layla sabía que estaba sufriendo tanto como ella.

—Bien, Demyan y Alina saben ya lo que tienen que decir, si les preguntas —señaló él cuando hubo colgado, fingiendo calma.

—¿Y si se equivocan?

—No lo harán.

—Ahora tienes que llamar a mi hermano —rogó ella con urgencia—. Si mi padre no recibe noticias de mí por la mañana, vendrá a Ishla en persona. Quiero que sepa cuanto antes que estoy bien. Está enfermo... —añadió, presa del pánico—. Mikael, mi padre está muy enfermo, pero nadie debe saberlo. No debí arriesgar su tranquilidad de esta manera...

—Tranquila. Llamaré a Zahid ahora.

Zahid respondió a la primera. Debía de haberse pasado los últimos días con el teléfono en la mano a todas horas, adivinó Mikael.

—Tu hermana quiere que vengas a buscarla —indicó él—. Sí, está bien. La alojé en un hotel, pero tenías razón, no sabe cuidar de sí misma. Así que la llevé a casa de una pareja que conozco —explicó—. Acaban de tener a su primer bebé, así que tener que hacer de niñeras de tu hermana ha sido una gran molestia para ellos...

Mikael apartó el teléfono. Zahid le había colgado.

—¿Cómo sonaba?

—Aliviado. Pero, pronto, su alivio se transformará en rabia. Lo mismo le pasará a tu padre, como me pasó a mí cuando llegaste al hotel tan tarde esa noche —dijo él y la tomó entre sus brazos—. Luego, cuando se les pase, estarán agradecidos de tenerte con ellos, porque te quieren. Lo mismo me pasa a...

–No –interrumpió ella–. Esas palabras solo deben decirse entre marido y mujer.

Mikael sirvió dos vasos de agua con gas, les añadió hielo y limón y colocó uno en cada lado de la mesa.

–¿Tienes caramelos de menta? –pidió ella.

Cuando él se sacó un paquete del bolsillo y se lo pasó sobre la mesa, Layla se lo guardó bajo la túnica. No los probó... los guardaría para siempre.

A continuación, la princesa escribió algo en un pedazo de papel, lo dobló y se lo tendió.

–Léelo cuando me haya ido.

–¿Está en inglés?

–No –repuso ella–. Tengo ganas de volver con mis alumnas –añadió con una sonrisa. Era mejor eso que llorar–. Y tú podrás volver con tus casos y con tus novias rubias...

Mikael no respondió... se limitó a mirarla por última vez.

Antes de que pudieran tener tiempo para mentalizarse, sonó el timbre del intercomunicador.

–Han llegado –informó Wendy.

Esforzándose por esbozar una sonrisa cortés, Mikael se sentó, mientras Zahid entraba furioso por la puerta.

Al verlo, Layla se levantó y se puso a gritar en árabe.

–¡En inglés, por favor! –rogó Trinity–. ¡Quiero saber qué estáis diciendo!

–¿Por qué llamaste a papá? –preguntó Layla con tono acusador–. Podíamos haberlo mantenido en secreto...

–Nosotros no llamamos a tu padre. Zahid no quiso hacerlo –explicó Trinity–. Fue Jamila quien...

–¿Cómo se ha atrevido? –rugió Layla–. ¿Cómo se atreve una criada a...?

–Esa criada es la mujer que te sostuvo en sus brazos el día en que naciste –le espetó Zahid, lívido de rabia–. Esa criada te amó y te cuidó cuando tus padres... –añadió, pero se interrumpió antes de terminar la frase–. Ve a descargar tu enfado con Jamila. Grita a una pobre vieja que no ha dejado de llorar por ti durante días. Eres una malcriada y siempre lo has sido. Bueno, te has salido con la tuya otra vez... por mucho daño que hayas hecho a tu alrededor. Dinos, ¿qué has estado haciendo?

–¡Divertirme! –repuso Layla y se encogió de hombros–. Igual que siempre habéis hecho Trinity y tú.

–¿A qué te refieres? –inquirió Zahid, alarmado.

–Se refiere a diversiones caras –puntualizó Mikael para tranquilizarlo.

–¿Y tú has pagado sus gastos? Ella no llevaba dinero. ¿Por qué ibas a hacer eso? –le preguntó Zahid con desconfianza.

–Me entregó una señal –contestó Mikael, abrió la caja fuerte y sacó el rubí–. Preferiría que me hicieran una transferencia bancaria –fingiendo la frialdad típica de un trato de negocios.

Los ánimos parecían empezar a calmarse.

–¿Puedo ver el detalle de gastos y honorarios?

Mikael llamó a Wendy por el intercomunicador y le pidió la factura de Layla.

–El día de hoy todavía no lo hemos añadido –indicó Mikael, tendiéndole el papel a Zahid.

La pareja lo examinó durante unos minutos.

–¿Cómo te has gastado más de quinientos dólares en manzanas? –quiso saber Trinity, frunciendo el ceño.

Sin embargo, eso era lo que menos preocupaba a Zahid.

–Esos amigos tuyos... –comenzó a decir el hermano

de la princesa, mirando a Mikael–. Me gustaría hablar con ellos.

–Dudo que quieran hablar contigo –repuso Mikael con tono frío–. Layla dice que estáis esperando un hijo. Imaginaos que os dejo en casa un problema como Layla un par de días después de que nazca vuestro bebé.

–Zahid... Ella está bien. Es lo único que importa –dijo Trinity.

Mikael vio cómo el hermano de Layla apretaba los dientes y adivinó que estaba haciendo todo lo posible para no llorar de alivio.

Layla tenía razón. La querían.

–Ahora nos vamos –informó Zahid, volviéndose hacia Mikael–. Pagaré la factura en cuanto llegue a Ishlla. O ahora, si...

–Cuando regresen a su país, no hay prisa.

–Vamos –le dijo Zahid a su hermana–. No discutimos asuntos privados delante de extraños.

Mikael le entregó el rubí a Layla que le devolvió una mirada con una breve sonrisa.

–Gracias por tu ayuda, Mikael.

–De nada.

Eso fue todo.

El adiós más frío del mundo.

Layla se dio media vuelta y salió de allí, mientras él la observaba con gesto impasible.

Cuando se quedó solo, se sacó la nota del bolsillo y se quedó mirando su hermosa caligrafía. No tenía ni idea de qué decía.

Por primera vez en su vida, Mikael no tenía una solución.

Y, también por primera vez, lloró.

Capítulo 16

LAYLA regresó virgen.

Un poquito hinchada, comentó la doctora después de examinarla.

—¡Ya lo sé! –exclamó Layla–. No había nadie para ayudarme en el baño. Allí, las bañeras tienen paredes muy altas. Al salir, me resbalé y me golpeé. Todavía me duele –explicó sin titubear, mirando a la doctora a los ojos–. Mi padre no tiene por qué saberlo, ¿verdad?

La doctora dudó un momento. Quizá, el rey debiera saberlo. Pero ella era una mujer compasiva, la misma que había atendido el parto de su madre y la misma que había ayudado a Layla con una mentira piadosa, diciendo que había tenido una crisis nerviosa para excusar su reacción el día que se había esperado de ella que eligiera marido.

—Claro que no.

El rey suspiró aliviado al saber que su hija estaba intacta y la mandó llamar.

Layla escuchó con resignación su sermón y su reprimenda.

—Me mentiste –le dijo su padre–. Incluso ahora mientes. ¿O es que te escapaste para quedarte todo el día sentada con una pareja con un bebé recién nacido? Ni siquiera te gustan los niños.

Ella suspiró, sin responder.

—Quiero la verdad –insistió el rey–. ¿Bailaste?

—Sí, bailé.

—¿Bebiste alcohol?

—Una vez. Un café irlandés. Lo quería probar desde hacía mucho tiempo, desde que Zahid me contó que había una clase de café que se preparaba con whisky y con nata encima.

—¿Qué más has hecho?

Layla se quedó en silencio.

—¿Qué más?

—Intenté conseguir un canuto.

—¿Un canuto?

—Mariguana —explicó ella—. Lo mismo que encontraron en la taquilla de Zahid en el colegio. ¡Siempre he querido probarla!

—¿Y lo has hecho?

—Nadie me la consiguió.

—¿Y los hombres? ¿Has hecho algo de lo que tengas que avergonzarte?

—No, padre —repuso ella. Y era la verdad.

—¿Layla?

—No he hecho nada de lo que me avergüence.

—Estoy muy decepcionado contigo, hija.

—Lo sé.

—¿Te arrepientes de lo que has hecho?

—No —admitió ella—. Me alegro de haberlo hecho y estoy orgullosa de mí misma. Siento haberte hecho daño con ello.

—Ya no podrás dar clase a las niñas —le espetó su padre, viendo cómo a ella le temblaban los labios—. Quién sabe lo que podrías sugerirles que hicieran...

—Nunca las animaría a hacer nada malo. Además, soy adulta...

—¡Silencio!

–Se acabaron las clases –repitió el rey–. Y no tendrás teléfono.

–Nunca lo he tenido.

–Ni podrás enviar ni recibir cartas.

En parte, Layla se sintió aliviada. Así, Mikael no tendría que recoger la correspondencia de su buzón con una carretilla. Con el corazón encogido, recordó la nota que le había escrito y se preguntó si habría conseguido traducirla.

–¡Ni podrás tener internet! –prosiguió Fahid.

–¿Y el ajedrez?

–Puedes jugar conmigo. Y la semana que viene elegirás marido.

Layla no dijo nada.

–¿No te opones?

–Sabía que mi huida tendría consecuencias. Sabía lo que me pasaría cuando volviera.

–¿Y ha merecido la pena?

–Sí –afirmó ella con ojos brillantes por las lágrimas.

La princesa tenía que elegir marido al día siguiente.

Ella estaba sana y salva, sin embargo, el palacio parecía de luto.

Por la ventana, el rey la vio caminando cabizbaja en los jardines por los que antes siempre había correteado feliz. Estaba pálida.

–¿Cómo ha estado estos días? –le preguntó su padre a Jamila, a quien había mandado llamar.

–Es muy obediente. Hace todo lo que le pido... pero está muy enfadada conmigo. Lo sé, aunque no me lo diga –le contestó Jamila y rompió a llorar–. Siento haberme entrometido... Podías no haberlo sabido nunca...

–Estabas preocupada por ella. Hiciste bien en llamarme –afirmó el rey, mirando a la mujer que había sido como una madre para su hija y con la que mantenía un romance en secreto desde que la reina había muerto–. Fuiste muy valiente al enfrentarte a Zahid para contármelo.

Fahid cerró los ojos, apartándose de la ventana. No soportaba ver a su hija tan triste.

–No tengo mucho tiempo...

–No digas eso.

–Pero es verdad. Quiero estar seguro de que mi hija va a estar bien.

Jamila también lloraba.

–¿Jamila...?

–No quiero que mueras, Fahid.

–Quizá los tratamientos médicos me den más tiempo –repuso él, para consolarla y la tomó entre sus brazos.

Fahid miró cómo su hija apartaba su plato con hashwet-al-ruz. Era su comida favorita, arroz especiado con cordero picado a la menta. Además, Jamila había pedido en cocina que se lo preparan con extra de pistachos, que a la princesa le encantaban.

Pero esa noche no quería comer.

–No tienes hambre –observó el rey.

–No –contestó Layla, intentando sonreír–. ¿Tenemos gambas aquí?

–¿Gambas? Sí tenemos, pero a mí no me gustan –indicó el rey y se quedó esperando que su hija discutiera con él y tratara de convencerle para pedir gambas.

Sin embargo, Layla siguió cabizbaja, en silencio.

–Podemos jugar al ajedrez esta noche.

Ella negó con la cabeza.

—¿Puedo levantarme de la mesa?

—Layla... —dijo el rey, pero se interrumpió—. Sí, puedes levantarte.

—¿Tengo permiso para dar otro paseo?

—Claro que sí.

Abadan laa tansynii

Con el corazón encogido, Mikael había logrado descifrar la primera parte de su nota.

No me olvides nunca.

Nunca la olvidaría. No podría.

Después de leer un resumen sobre el nuevo cliente que quería que lo defendiera, sintió náuseas.

—Que se busque a otro —le dijo Mikael a Wendy.

Era la primera vez que rechazaba un caso por cuestiones morales. Estaba harto de defender a sinvergüenzas.

Layla lo había transformado.

Solo necesitaba saber si ella estaba bien.

Miró el teléfono un momento, pensando que no quería causarle problemas a Layla. Pero ese mismo día acababa de recibir el pago de sus servicios, lo que podía darle una buena excusa para llamar. Le daría las gracias a Zahid y aprovecharía para preguntar cómo se encontraba la princesa.

Tenía que hacer algo.

Mientras caminaba por los jardines de palacio, Layla no podía sentirse más confusa. Había hecho realidad sus sueños, pero no era feliz. Recordó cuando había bailado y reído con Mikael. Y cómo él la había bañado. Y cómo había acudido a su lado para impedirle salir sola aquella noche.

Ella se había reído cuando le había pedido que se casara con él. Aun así, había sido lo más bonito que le había pasado en la vida. Lo que más deseaba en el mundo era ser su esposa.

Pero era imposible. Incluso en el remoto caso de que su padre lo aceptara, no podía ni imaginarse a Mikael allí, en Ishla...

Sí, al principio sería una bendición. Pero, sin su trabajo, sin la vida que se había forjado de la nada, Mikael se sentiría cada vez peor. Ella no podía hacerle eso. Tampoco podía pedirle que viviera en palacio, con el rey y Zahid invalidando sus opiniones todo el rato. Eran tres hombres de personalidad demasiado fuerte para convivir juntos.

Sin poder evitarlo, Layla sollozó.

Como sabía que su padre podía estar observándola desde la ventana, se metió por un camino oculto entre los arbustos, en dirección al palacio de Zahid y Trinity. Sentándose en un banco de piedra, lloró como nunca lo había hecho. Y no solo por ella, sino por Mikael y porque jamás volvería a verlo.

–¡Layla!

Trinity había estado dando un paseo por el jardín cuando le habían sobresaltado unos sollozos desesperados. Al acercarse y ver que era su cuñada, la rodeó con un brazo por los hombros, intentando consolarla.

–¿Tu padre está todavía enfadado?

Layla negó con la cabeza.

–¿Te asusta elegir marido?

–No –gimió la princesa. No había sitio en su corazón para sentir miedo–. Me he enamorado –admitió, mientras sus lágrimas cedían un poco–. Siempre quise enamorarme... pero esto es horrible. Por favor, por favor... no se lo cuentes a Zahid.

–Puede que él lo entendiera.

–Aunque así fuera, no serviría de nada. Él no es el rey.

–¿De quién te has enamorado?

–De Mikael.

Trinity resopló preocupada. Si Mikael hubiera amado a Layla, no la habría dejado partir de su lado, se dijo.

–Le rogué que no le contara a Zahid que había habido nada entre nosotros.

–Pues es un actor magistral –comentó Trinity, recordando el gesto impasible del hombre en cuestión.

–Lo hizo por mí. Sabe ocultar a los demás sus sentimientos. Pero yo siempre adivino cómo se siente.

–¿Y él te quiere a ti? ¿Estás segura?

–Me pidió que me casara con él.

–¿Te pidió eso?

–Sí. Y yo me reí porque sé que es imposible. Quiero a mi familia. No sé cómo puedo buscar mi felicidad sin hacer daño a mi gente. Él quiso decirme que me quería, pero no se lo permití. Ahora quiero que me lo diga y quiero decirle que yo también lo amo. Si pudiera hablar con él una última vez...

–¿Te dio su número de teléfono?

–Sí, pero rompí el papel –confesó Layla–. Hubiera sido una tentación demasiado grande –añadió con profunda tristeza–. Ahora tengo que volver a palacio.

–Quédate y habla conmigo –pidió Trinity.

–No. Es mejor que no me retrase...

Cuando regresó a su hogar, Trinity miró a su marido, que estaba de espaldas a ella, parado ante la ventana. Se preguntó si empeoraría las cosas contándole lo que había averiguado de Layla.

—Creo que ha habido algo entre Layla y su abogado —señaló Zahid, al escucharla entrar, sin volverse—. Él ha llamado para ver cómo está.

—Quizá solo ha sido una llamada de cortesía —repuso Trinity, sin estar muy segura de cómo actuar.

—Pidió hablar con ella.

—¿Y qué le dijiste?

—Que no sería buena idea. Que Layla estaba contenta con su familia —contestó él y se volvió hacia su esposa—. Pero no está contenta, ¿verdad?

—No.

—¿Te ha contado lo que pasó entre ellos?

—Un poco. Pero, por favor, no me pidas que rompa su confianza contándotelo.

—No lo haré —dijo Zahid, mirando a su amada esposa—. Layla siempre ha ansiado ser amada. Desde que nació, quiso que la mimaran, que se preocuparan por ella. Jamila hizo todo lo que pudo. Yo tenía siete años cuando nació. Intenté ser un consuelo para ella. Sin embargo, mi hermana quería una madre. Y la cercanía de su padre. Aunque no tuvo ninguna de las dos cosas...

—¿Puedes hacer algo para ayudarla?

—No lo sé —replicó Zahid con gesto apesadumbrado—. ¿Has visto al tipo de elementos que defiende Romanov? Son criminales... —señaló—. He buscado información sobre él en internet y su reputación con las mujeres es...

—Yo también tenía mala reputación. Los dos sabemos que lo que la gente decía sobre mí era mentira —indicó Trinity–. Layla comprende que no pueden estar juntos. Solo quiere hablar con él una última vez.

Zahid hizo, entonces, lo que sabía que no debía. Le entregó a Trinity su teléfono.

Trinity corrió al palacio principal y pidió hablar con Layla. La encontró tumbada en la cama, leyendo la tarjeta que Mikael le había enviado con las flores.

–No quiero hablar más de ello. Si lo hago, lloraré y no quiero estar triste cuando pienso en él. Tengo esto –señaló Layla y le tendió la tarjeta a Trinity–. Cuando la veo, me hace sonreír.

–¿Quieres que te la lea?

–No. Mikael me la leyó y recuerdo cada palabra. «Layla, gracias por hacer que un día tan difícil terminara tan bien. Y gracias por una noche maravillosa. Mikael». Luego, me dio tres besos.

Trinity sonrió, pero enseguida frunció el ceño.

–Eso de la noche maravillosa... No dijo la doctora que...

–Trinity... –repuso Layla, dispuesta a revelarle un gran secreto–. Aparte de con el coito, hay otras formas de tener orgasmos –le confió en voz baja.

–Lo tendré en cuenta –dijo la otra mujer, riendo. Adoraba a Layla. Entonces, le mostró el móvil de su marido y lo dejó a su lado, sobre la cama–. Querías hablar con Mikael. Él acaba de llamar a Zahid y le ha pedido hablar contigo. Esperaré en el balcón.

Aunque no podía oír sus palabras, Trinity percibió todo el amor y las lágrimas en la voz de Layla. Conmovida, ella lloró también e hizo todo lo posible por no escuchar lo último que la princesa dijo al teléfono...

Al ver que era Zahid quien llamaba, Mikael respondió a la primera... y casi se le doblaron las rodillas al oír la voz de Layla.

–Gracias a Dios. ¿Estás bien? –preguntó él.

–Claro que sí.

–¿Cómo está tu padre?

–Decepcionado, enfadado. Tengo que elegir marido mañana... y no podré usar mi ordenador nunca más. Trinity me ha traído a escondidas el teléfono de Zahid. Esta será la última vez que hablemos.

–No digas eso.

–Así será. Puede que nuestras mentes se conecten de vez en cuando, pero no volveremos a vernos ni a hablar.

Mikael frunció el ceño. ¿Estaría hablando de la telepatía?

–¿Cómo va tu trabajo?

–No quiero hablar de eso. ¿Qué significa eso de que nuestras mentes se conecten?

–Ya lo entenderás –contestó ella–. Dime, quiero saber cómo va tu trabajo.

–Me da náuseas –admitió él–. Voy a pasarme al otro lado.

–¿Cómo?

–Voy a perseguir a los criminales.

Layla sonrió.

–¿Qué tal tus alumnas?

–Me han prohibido dar clase por el momento. Después de la boda, igual, me dejan retomarlo, pero no lo creo.

–Layla... ¿te cuidé bien?

Ella cerró los ojos ante su pregunta cargada de sentimiento.

–Muy bien.

–¿Te arrepientes de algo? –preguntó él, pues le preocupaba que hubieran ido demasiado lejos en sus escarceos sexuales.

–Solo de una cosa. Lamento haberme reído cuando me pediste que me casara contigo.

–¿Puedo hablar con tu padre, por favor?

–No querrá escucharte.

–Tengo entendido que es un hombre justo.

–No respecto a esto –señaló ella–. Hay una cosa más de la que me arrepiento. Lamento no haberte dicho que te quiero y que te amaré durante el resto de mi vida.

A Mikael se le retorció el corazón de dolor.

–Layla...

–Tengo que irme. Jamila está llamando a la puerta. *Abadan laa tansynii.*

–Yo tampoco te olvidaré.

–Te amaré siempre.

–Yo te amaré siempre a ti.

Mikael salió de su despacho como un tornado. Se subió al coche y piso el acelerador en dirección al aeropuerto.

Layla lo amaba.

Y eso significaba que iría a Ishla a luchar por lo que quería.

Capítulo 17

IDA y vuelta o solo ida?

—Ida y vuelta —contestó Mikael. Pero, de inmediato, lo pensó mejor y decidió que no podría volver sin Layla a su lado—. Solo ida.

—Es más barato comprar ida y vuelta...

—No servirá de nada —repuso él—. Van a echarme a los perros cuando llegue —añadió.

—¡Buen viaje! —dijo la dependienta y le entregó su billete solo de ida en primera clase.

En el avión, Mikael pidió agua con gas y limón, lo mismo que había tomado con Layla la primera vez. Y pidió manzanas en finas lonchas y frambuesas.

Entonces, se dispuso a preparar el caso más difícil de su vida. Recordó con detalle cada conversación que había tenido con Layla y repasó qué podía esgrimir en su defensa, así como los posibles testigos que podrían ayudarlo.

Trinity era la primera, pues había sido quien le había llevado a Layla el teléfono.

¿Y Zahid?

Zahid amaba a su esposa y sabía lo que era ir contra las reglas, ya que se había casado con su mujer embarazada. Además, si Trinity lo convencía... Tras pedir un poco más de agua, Mikael recordó la expresión de alivio en Zahid al ver a su hermana sana y salva. Sin duda, quería la felicidad de Layla.

Entonces, podía contar con Zahid, se dijo.

Pero era el consentimiento del rey lo que necesitaba. ¿Qué sabía de él?

A Layla se le habían llenado los ojos de lágrimas al confesarle que estaba enfermo. Punto uno.

Sin embargo, no era bastante. Debía de haber algo más, algo que se le estaba pasando por alto.

Iba a defender el caso más difícil de su vida y no se sentía preparado.

Se sacó de la cartera el pedazo de papel que ella le había entregado y miró embelesado su bella caligrafía. Lo había descifrado sin ayuda, dispuesto a dedicar toda la vida a aprender árabe si fuera necesario. No obstante, en ese momento, necesitaba conocer hasta el último detalle de esa nota.

Cuando la azafata se acercó para preguntarle si necesitaba algo, Mikael aprovechó.

—¿Puede traducirme esto?

—Claro —repuso la azafata y sonrió—. «No me olvides nunca». Es un dicho popular. La segunda parte dice *Washashtini Malikah*, que significa «te echo de menos, reina».

—¿No será princesa, en vez de reina?

—No. Princesa sería *Ameera*.

No tenía sentido, se dijo él, y siguió intentando comprenderlo con ayuda de la azafata.

—¿No podría ser, «tu reina te echa de menos»?

—No —negó la azafata—. No puedo explicarle por qué. Pero dice: «Te echo de menos, reina».

Fue entonces cuando él lo entendió.

Sonriendo para sus adentros, comprendió también a

lo que Layla se había referido cuando le había dicho que sus mentes podrían conectarse en ocasiones.

La reina era la pieza con la que había olvidado contar en su argumento de defensa.

A pesar de su ausencia, la reina había tenido un peso muy importante en la vida de Layla. Había sido una mujer parecida a su hija, según ella misma le había contado. La reina habría aprobado su plan de huida en Australia.

Cerrando los ojos, Mikael intentó poner en orden sus pensamientos.

Si la reina había sido como Layla, tenía que haber sido muy doloroso para el rey perderla. A él le había pasado lo mismo. Desde el día en que su amada se había ido, el mundo se había convertido en un lugar frío y oscuro.

En ese momento, recordó las palabras de Zahid cuando había salido en defensa de Jamila.

—Esa criada es la mujer que te sostuvo en sus brazos el día en que naciste. Esa criada te amó y te cuidó cuando tus padres...

Mikael comenzó a comprender lo que Zahid había estado a punto de decir. En su dolor, ¿era posible que el rey le hubiera vuelto la espalda a su propia hija?

¿Y Layla no lo sabía?

Mientras el avión aterrizaba, siguió trabajando en el caso más importante de su vida. No vio el desierto, ni los brillantes edificios, solo el palacio, donde Layla se disponía a elegir a un hombre con quien pasar el resto de su vida.

Tenía que ser él, se dijo.

En el aeropuerto, preguntaron a Mikael la razón de su visita.

—Me han dicho que es un país muy hermoso.

–No trae equipaje.

–Quiero comprarme chilabas, para mezclarme con la gente de aquí.

La oficial de aduanas buscó en su cartera y sacó la nota de Layla.

–¿Conoce a alguien en Ishla?

–Tengo una amiga con quien juego al ajedrez –repuso él, intentando mantener la calma mientras la oficial de aduanas charlaba con su compañero en árabe un momento.

–¿Ha venido buscando el amor?

–Sí –admitió él.

–Que disfrute de su visita –repuso la oficial, devolviéndole la cartera con una sonrisa.

Antes de dirigirse a palacio en el coche que acababa de alquilar, Mikael decidió llamar a Zahid. Como esperaba, la llamada entró directa en el buzón de voz.

–*Estoy en Ishla. Te sugiero que, la próxima vez que llame, respondas el teléfono.*

Cinco minutos después, volvió a marcar su número. En esa ocasión, el otro hombre contestó el teléfono.

–Es mejor que no te acerques –advirtió Zahid.

–Olvídalo. He venido para hablar con tu padre.

–Insisto en que debes subirte a un avión e irte.

Zahid hablaba en serio. Si su padre descubría que Layla había mantenido una relación con él, rodarían cabezas.

–Tienes que irte.

–No pienso hacerlo sin hablar con tu padre –insistió Mikael.

–Mi hermana va a elegir marido hoy.

–Entonces, tengo que hablar con tu padre antes de que lo haga. Y tú vas a ayudarme.

Zahid apretó la mandíbula. Había poca gente a la que consentía emplear con él en un tono tan arrogante.

–No tienes que hablar solo con mi padre –le espetó Zahid, furioso–. Layla es mi hermana y tendrás que explicarme a mí primero cómo te atreviste a mentirme acerca de vuestra relación. Quiero saber qué hubo entre vosotros. Mandaré un coche a recogerte.

–No es necesario –replicó Mikael. Zahid era capaz de llevarlo al desierto y abandonarlo allí, pensó–. Tengo mi propio coche y voy para allá.

Después de colgar, Zahid llamó a Abdul directamente.

–Esperamos un visitante en breves momentos. Se llama Mikael Romanov y debe ser conducido al despacho de mi padre, pero no por la entrada principal. Luego, le dirás a mi padre que se reúna allí conmigo.

–Tu padre está charlando con los pretendientes de tu hermana y sus familias...

–Haz lo que te digo –ordenó Zahid y, cuando colgó, se volvió hacia Trinity–. Quiere hablar con mi padre. Yo estaré presente durante la entrevista.

–¿Puedo estar yo también?

–No.

–Zahid, por favor...

–Trinity, no entiendes lo delicado que es esto.

–Tu padre me aceptó a mí.

–¡Pero Layla es su hija! Y tú te mudaste aquí para vivir conmigo. ¿Crees que Mikael hará lo mismo? ¿Crees que mi padre consentirá que ella viva fuera del país?

Trinity tragó saliva, percatándose de lo imposible de la situación.

–Mi padre nunca permitirá que un extranjero se case con su hija y, menos aún, que la lleve a vivir fuera de

Ishla. Ve a ayudar a Layla a prepararse. No debe saber que Mikael está aquí.

–Zahid, seguro que ella querrá verlo también...

–Haz lo que te pido –rogó él–. Debes confiar en mí y en que haré todo lo que pueda para que mi hermana sea feliz.

Trinity confiaba en él. Pero dudaba mucho que eso fuera bastante.

Jamila comenzó a maquillar a Layla después del baño.

–Hoy irás maquillada por primera vez –comentó la criada y sonrió a su amada princesa.

Por primera vez desde que había regresado, Layla le dedicó una débil sonrisa. Mikael había tenido razón. Quería mucho a su vieja criada.

–Por favor, ven conmigo cuando me case –suplicó la princesa, abrazando a Jamila con lágrimas en los ojos.

–Sabes que no puedo. Cuando te cases, Hussain te dará nuevas criadas y una nodriza más joven que yo, para que te ayude con tus bebés.

–No quiero tener hijos –replicó Layla con gesto desafiante–. Además, ¿quién dice que vaya a elegir a Hussain?

–Harás lo mejor para tu padre, estoy segura –repuso Jamila, mientras le deshacía las trenzas que le había hecho la noche anterior.

–¿Has estado enamorada alguna vez, Jamila?

–Nunca me he casado –contestó la criada–. Hoy estás muy rara, Layla.

Jamila conocía bien a la princesa y tenía buenas razones para estar preocupada... pues sabía que Layla era muy volátil, en el mejor de los casos.

–Tienes el pelo precioso con esas ondas –señaló Trinity cuando vio a Layla–. Estás muy guapa.

–¿Qué tal está Zahid? –preguntó Layla, con rabia contenida–. ¿Me manda sus mejores deseos para hoy? –añadió, muerta de celos porque Trinity y su hermano pudieran disfrutar de un amor que ella nunca podría tener–. ¿Espera que mi matrimonio sea tan feliz como el suyo? Si es así, es un hipócrita, igual que tú.

–Zahid te quiere.

–¡Cuánta gente me quiere! ¡Qué suerte tengo!

Trinity contuvo las lágrimas al pensar que Mikael estaba de camino y Layla no lo sabía.

–Me pregunto qué regalo me traerá Hussain hoy –prosiguió Layla con tono desafiante–. Seguro que no son flores.

–Layla, hoy debes comportarte –le recordó Jamila.

Tragándose las lágrimas, Layla asintió. Había prometido que, después de su semana de libertad, acataría las reglas y se casaría con dignidad.

Pero era tan difícil...

Cuando Jamila terminó de ponerle la túnica blanca y dorada, Layla se dio cuenta de que Jamila tenía lágrimas en los ojos. No podía seguir enfadada con ella, pues la quería y sabía que no era culpa suya.

Era hora de ser valiente, se dijo a sí misma.

–Estaré bien –aseguró la princesa con una sonrisa, a pesar de que estaba enfadada y asustada–. Siempre supe que este día llegaría.

Capítulo 18

MIKAEL entró despacio en el recinto de palacio cuando le abrieron las puertas.
Estaba nervioso.

Al salir del coche, vio que una mujer rubia lo observaba desde una de las ventanas. Así que Trinity sabía que estaba allí.

Una pequeña puerta se abrió, dando paso a un hombre embutido en una chilaba, que le indicó que lo siguiera. Tras conducirlo por un laberinto de pasillos y puertas, lo llevó a una sala grande.

Nada más entrar, Mikael se enfrentó de cara con su juez y su jurado.

—El protocolo dicta que te inclines para saludar al rey —indicó Fahid y se sentó ante su escritorio, con su hijo a su lado.

Mikael se inclinó. El rey parecía furioso, sus ojos lo delataban.

—Puedes retirarte —ordenó el rey a Abdul y, cuando se quedaron a solas los tres, se dirigió a Mikael—. Supongo que no has venido para discutir sobre tus honorarios.

—Correcto.

Fahid miró con desprecio a aquel hombre que provenía del país con las manzanas más caras del mundo.

El mismo que debía haber cuidado a su hija y, en vez de eso, había mantenido una relación con ella.

–¿Qué quieres?

–Permiso para pedir a Layla que se case conmigo.

–Un plebeyo no puede casarse con una princesa –le espetó el rey, enojado–. Layla tiene que elegir... –comenzó a decir, pero se interrumpió, porque se dio cuenta de que no era cierto. Su hija, en realidad, no tenía la opción de elegir–. He hablado con Layla y dice que bebió alcohol y bailó. ¿Estabas tú con ella cuando hizo tales cosas?

Fahid no le dio tiempo a contestar.

–Si has venido aquí, es porque hubo algo más entre vosotros –adivinó el rey, lleno de furia–. ¿Quieres casarte con ella porque es muy buena bailarina? ¿O es que tuvisteis un romance?

Asustado por el daño que su respuesta podía hacerle a Layla, Mikael asintió con la cabeza.

–¿Tienes idea de lo idiota que eres por admitirlo? –le espetó el rey, poniéndose en pie–. ¿Qué ha pasado entre vosotros?

Con rostro impasible, como siempre en el juzgado, Mikael se preparó para esgrimir una de las armas que tenía preparadas.

–Alteza, igual que debió de pasarle a usted cuando vio a Layla por primera vez, yo me enamoré de ella. La primera vez que la miré a los ojos, supe que podía hacer cualquier cosa para protegerla y cuidarla. Sabía que ella haría esas cosas conmigo o sin mí y pensé que estaría más segura conmigo que sola.

–Ya. ¿Entonces no fuiste tú quien la incitó a hacer esas cosas? ¿Acaso culpas a Layla...? –replicó el rey, maldiciendo.

–Padre, ahora me doy cuenta de que Layla llevaba

tiempo planeando su huida. Intentó venir conmigo a Londres en una ocasión. Habría hecho lo mismo allí, si hubiera podido –le dijo Zahid a su padre, en árabe.

Fahid se puso enfermo de imaginarse a su hija sola en Londres, bebiendo alcohol, bailando... Delante de él, tenía al hombre que la había devuelto sana y salva a su hogar. En parte, lo admiraba por atreverse a reconocer la verdad.

–¿Te pidió que le dieras un canuto?

–Sí.

–¿Y te negaste?

–Sí.

El rey frunció el ceño, pues sabía que muy pocas personas se negaban a cumplir los deseos de su hija.

–Debería hacer que lo maten –señaló el rey en árabe, mirando a su hijo.

–Podrías perdonarlo por haberla devuelto sana y salva –sugirió Zahid.

–Rey Fahid –continuó Mikael con decisión–. Comprendo que no sabe nada sobre mí. No puedo imaginarme lo difícil que debe de ser criar a una hija solo, como ha hecho Su Majestad. Debe de ser terrible que su esposa no esté aquí para hablar con ella sobre esto...

–¡No hay nada que hablar! –rugió Fahid.

Sin embargo, Mikael adivinó que había sembrado la semilla de la duda. Cuando el rey cerró los ojos y respiró hondo, fue como si Annan hubiera entrado en la sala para defender la causa de su hija.

Fahid le dijo unas palabras en árabe a su hijo, que Zahid le tradujo a Mikael.

–Mi padre dice que eres arrogante como un gallo y que, si te casaras con ella, tendrías que inclinarte ante él, obedecerlo...

–Lo haría.

Zahid se acercó, hasta colocarse delante de él, mirándolo a los ojos.

–Y, ya que un día yo seré rey, ¿estás dispuesto a inclinarte ante mí también?

Mikael apretó la mandíbula, pero estaba preparado para ello.

–Te obedeceré más que a mi mano derecha –aseguró el abogado–. Cuando esté en Ishla –puntualizó–. Si Layla se mudara a Australia, haría todo lo posible para hacerla feliz allí y para traerla aquí a menudo. Cuando yo estuviera aquí, llevaría chilaba, me inclinaría y haría todo lo que se esperara de mí. Sería un placer.

–No vas a llevártela del país –rugió el rey.

–Lo único que quiero es el bienestar de Layla, igual que Su Majestad –insistió Mikael–. Es una mujer fuerte e independiente y, cuando me pidió que la dejara disfrutar de su libertad, lo único que sentí fue un tremendo miedo al imaginármela allí fuera, sin mí.

–Mi hija es mi más preciado tesoro –reconoció Fahid, temblándole la voz–. No quiero que viva en el extranjero...

–Comprendo su miedo –repuso Mikael–. Si Layla viniera a vivir a Australia, me tomaría tiempo libre del trabajo para enseñarle a desenvolverse en el mundo sin peligro. Ella podría seguir conectándose con sus alumnas...

–No quiero perderla.

Por primera vez en muchas décadas, Zahid vio a su padre a punto de derrumbarse.

–Nunca la perderá –aseguró Mikael–. Cuando le pedí que se casara conmigo, se rio en mi cara. Me contestó que no podría darle la espalda a su país, ni a su padre. Sé que Layla solo vendría conmigo con la bendición del rey... y que volvería a menudo llena de amor y gratitud hacia Su Majestad.

Mikael había utilizado todas las armas de su arsenal.

Le correspondía al rey decidir. Pero, antes de que lo hiciera, Mikael puso palabras a los sentimientos que ardían en su corazón, los mismos que compartía con los otros dos hombres.

–Quiero a Layla.

Capítulo 19

¿ESTÁS preparada? –preguntó Trinity.

–Lo estoy –contestó Layla, aunque tenía el corazón hecho pedazos. Debía estar preparada, se dijo a sí misma. Desde niña había sabido que ese momento llegaría–. Tengo mis recuerdos y tengo mis sueños...

Trinity estaba rota de dolor. Era como llevar a un cordero al sacrificio. Y ni siquiera podía contarle que Mikael había ido a buscarla.

Layla comenzó a bajar las escaleras hacia el salón de recepciones, decidida a no perder los nervios. Pero, cuando pensó en los hombres que la esperaban allí, entre ellos, Hussain, no pudo evitarlo.

–¡No! –gritó la princesa, corriendo escaleras arribas.

Un guardia la agarró del vestido y ella se dejó caer el suelo.

–¡Es otro ataque! –gritó Jamila.

–¡No!

Layla forcejeaba y daba patadas, mientras Mikael, que estaba arrodillado junto a los demás pretendientes sonreía al oírle gritar su nombre, llorando y suplicando que quería morir virgen para poder seguir soñando con él cada noche.

A su derecha, Hussain estaba sudando, avergonzado por Layla una vez más.

–¿Puedes ocuparte de ella? –le sugirió el rey a Mikael.

Aunque nunca lo admitiría, para Fahid era un alivio que Mikael estuviera allí... sobre todo, en ese momento, listo para ocuparse de la princesa rebelde.

Fahid sabía que Mikael podía cuidarla y su corazón se tranquilizó por primera vez en mucho tiempo cuando los vio salir a los dos.

–Layla... –susurró Mikael, sujetándola de las mejillas para impedir que mordiera a un guardia–. Es hora de elegir marido.

Ella creyó que estaba soñando... A su lado, vestido con una túnica blanca y dorada, estaba el hombre de sus sueños.

–Mikael... –repuso ella y, al instante, se echó a sus brazos, ronroneando como un gatito.

–¡Layla! –la reprendió su padre, mientras Mikael la soltaba–. Tienes que seguir la tradición.

–Padre, no lo entiendo... –balbuceó ella, frunciendo el ceño. No podía comprender qué hacía Mikael allí.

–Mikael ha hablado con Zahid y conmigo hoy. Quiere llevarte a Australia, pero debes volver a visitarnos con frecuencia. Depende de ti, si quieres elegir a este hombre como marido.

–Sí quiero.

–Layla... –dijo el rey con tono reprobatorio, para que no olvidara la tradición–. ¿Qué se hace ahora?

Como había hecho el primer día que se habían visto, Layla se sacó de la túnica la gema preciosa y la colocó ante ella.

–Ahora tienes que ofrecerme tú un regalo –informó la princesa a su elegido.

Trinity tuvo un momento de inspiración y le tendió a Mikael su chaqueta.

–Mi cartera –indicó él, tendiéndosela–. Tiene una tarjeta de crédito.

–¿Y eso qué significa?

–Que puedo hacer que los mejores chefs te preparen manzanas cortadas en finas lonchas siempre que quieras.

–Bien –contestó Layla con una sonrisa.

–*Hayet albi enta* –le dijo Mikael.

–Lo mismo digo –afirmó ella, sin dejar de sonreír–. Tú también eres mi vida y mi corazón.

Capítulo 20

MIKAEL se compró un billete de ida y vuelta cuando regresó a Sídney sin ella.

En su despacho, tenía mucho que ordenar, sobre todo, porque iba a dar un giro radical a su carrera después de la boda.

Ante un vaso de agua con gas, sonrió pensando que la próxima vez que volviera a Australia, sería con Layla.

Lo primero que hizo fue llamar a Demyan.

–¿Qué tal está el bebé?

–Se llama Annika.

–¿Cómo está Annika?

–Se pasa veintitrés horas al día despierta. Estoy agotado –contestó su amigo–. Bueno, ¿dónde os habéis metido Layla y tú? ¿Qué ha pasado?

–Al parecer, nos hemos prometido, amigo mío.

Demyan rio mientras Mikael le contaba que se casaría en Ishla, mediante una ceremonia muy tradicional.

–Layla vivirá aquí cuando nos casemos, pero su padre está enfermo, así que iremos a menudo a visitarlo. Por ahora, no voy a aceptar más casos. Voy tomarme unos meses de vacaciones para enseñarle cómo funcionan los semáforos, las transacciones y esas cosas.

–Estás muy enamorado –comentó Demyan, encantado de escuchar a su mejor amigo hablar tan embelesado.

–Nunca me había sentido tan bien –admitió Mikael–. Otra cosa. Ya sé que os doy la noticia con muy poca antelación, pero... ¿podrías venir a la boda? Necesito que seas mi padrino –pidió. Los dos habían crecido juntos en las calles y los unía un vínculo más fuerte que el de la sangre–. Tendrás que ponerte esmoquin, eso sí.

–Será un placer –repuso Demyan, riendo.

–Y necesito otro favor. ¿Puedo hablar con Alina?

–¿Alina?

–Cosas de mujeres.

Aquella fue la conversación más incómoda que Mikael había tenido en su vida, pero lo hizo por Layla.

–Pero padre...

Estaban esperando que Mikael llegara a palacio, aunque a Layla no le estaba permitido verlo hasta el día de la boda.

–¡El coche acaba de llegar! –informó Trinity, sonriendo.

La princesa se puso a dar saltitos de emoción.

–Por favor, solo cinco minutos –le rogó a su padre–. Déjame estar cinco minutos a solas con él...

–Lo verás el día de tu boda.

–Por favor...

–Está bien –aceptó su padre con un suspiro–. Tú ve con ella y... –comenzó a decirle a Trinity. Aunque no tenía sentido, pensó, pues las dotes de carabina de su nuera eran lo que les había llevado a esa situación–. Solo cinco minutos.

Cuatro se los pasaron besándose, con lo que solo quedó un minuto más para que Layla tomara su contrabando del neceser de Mikael.

–No tienes ni idea de lo difícil que ha sido... –dijo él–. Tuve que pedirle a Alina que te las consiguiera.

Layla había insistido en que quería tener una noche de bodas perfecta y, entre todos los posibles métodos anticonceptivos que Mikael le había explicado, había elegido la píldora. No quería tener bebés por el momento.

–Tienes para doce meses.

–¡Si me paso un año tomando esto, no me quedaré embarazada! –exclamó ella con entusiasmo–. ¡Es magia! Podemos salir, bailar, nadar... Gracias. Significa mucho para mí.

Mikael sabía que le asustaba tener un bebé y le alegraba de que ella hubiera compartido sus miedos con él. Si algún día decidía enfrentarse a ellos, estaría a su lado para ayudarla.

Pero aun no era el momento.

Tenían una boda por delante.

Layla caminaba radiante por los jardines de palacio hacia su prometido, que estaba vestido con una túnica dorada y un turbante.

Ella llevaba un vestido dorado, con un velo dorado. Sus párpados también habían sido pintados de oro.

La primera vez que Mikael había visto a Layla, le había recordado a la belleza de la luna llena. En ese momento, se sintió como si el mismo sol estuviera entrando en su vida.

Fue una ceremonia corta, seguida de un largo banquete aderezado con risas y mucho amor.

A Layla, sin embargo, se le ensombreció el rostro

cuando Jamila le tendió una poción destinada a favorecer su fertilidad en la noche de bodas. Su sonrisa se desvaneció, pero bebió y, cuando posó los ojos en Mikael, él le guiñó un ojo para animarla. Cuánto amaba a ese hombre que sabía comprenderla y la quería como era.

Llegó el momento de despedirse de todos y, una vez más, Layla se puso seria cuando le llegó el turno a Jamila. Las dos se abrazaron entre lágrimas.

—¡Padre, por favor! ¡Deja que me lleve a Jamila conmigo a Australia...!

—Layla, Jamila se queda aquí. No tienes que preocuparte... No le faltará de nada —aseguró el rey.

—¡Pero quiero que venga conmigo!

—Bueno, pues no puede ser —repuso Fahid—. Jamila ha aceptado ser mi esposa.

Su inesperado anuncio fue seguido de un silencio lleno de estupefacción. Layla soltó un grito sofocado.

Entonces, Fahid rompió con la tradición y, delante de todos, besó a su futura mujer. Trinity se tapó la boca para no reír. Zahid cerró los ojos.

—¡Felicidades! —exclamó Alina, encantada de ver a una pareja tan enamorada e ignorante de lo conmocionado que estaba el resto del público.

—Vosotros habéis encontrado la felicidad. ¿Por qué no íbamos a hacerlo nosotros? —replicó el rey.

—¡Felicidades! —dijo Trinity con entusiasmo y besó tanto a su suegro como a Jamila.

—Enhorabuena —dijo Mikael, inclinando la cabeza.

Sin embargo, Layla se había quedado petrificada, incapaz de felicitar a su nodriza.

—Vamos, no siempre tienes que ser tú el centro —le reprendió Mikael, dándole un suave empujón para que actuara como era debido.

—Enhorabuena —se obligó a decir Layla, tensa, y le besó la mano a Jamila.

—No quiero hablar de ello —señaló Layla mientras subía con Mikael al helicóptero que los esperaba—. No quiero ni pensarlo.

Pero poco después, cuando estuvieron a solas en una tienda preparada para la noche de bodas en el desierto, la princesa golpeaba el suelo con un pie, furiosa.

—¡Se va a casar con Jamila!

—Layla...

—¿Se ha vuelto loco?

—La ama.

—¿Cómo va a convertir a mi criada en reina?

—Layla, quiero que, cuando vuelvas a verlos, te muestres contenta por ellos —le advirtió él, que estaba empezando a cansarse de su rabieta—. Tu padre lo ha dado todo para asegurarse de que sus hijos sean felices...

Sin embargo, cuando Mikael la miró a los ojos, adivinó que estaba sufriendo.

—Has estropeado nuestra noche de bodas —le espetó ella y salió corriendo de la tienda.

—Layla, eso no funcionará conmigo...

—No estamos casados hasta que no durmamos juntos. Todavía puedes cambiar de opinión —le gritó ella.

—Nadie va a cambiar de opinión. Pero tu padre también merece ser feliz.

—¿Y mi madre? ¿Cuánto tiempo llevan esos dos juntos?

—Eso no es asunto nuestro.

—¡Claro que sí! ¿Acaso mi padre ha olvidado a la reina?

–No –negó él y tomó a la princesa entre sus brazos, mientras a ella le latía el corazón a toda velocidad–. Tu padre ama a tu madre y siempre será así. Estoy seguro.

–¿Cómo lo sabes?

–Cuando intenté convencerle de que me dejara casarme contigo, fue como si tu madre hubiera estado también en la habitación, guiándolo, ayudándolo a tomar la decisión. Nada podrá borrar su amor...

Mikael había confirmado lo que ella siempre había sentido en su corazón. Su madre, de alguna manera, seguía entre ellos.

También reconoció para sus adentros que deseaba que todo el mundo experimentara el amor y la felicidad como ella.

–Me alegro por mi padre y Jamila. Intentaré demostrárselo.

–Muy bien.

–¿Tú me olvidarás alguna vez?

–Nunca.

–¿Y si no hubieras venido a buscarme...?

–Habría venido –le susurró él al oído–. Antes o después, habría descifrado tu nota, nos habríamos conectado por internet, me habría mudado a Ishla solo para vivir cerca de ti... Me habría pasado el resto de la vida intentando estar contigo.

–¿Qué te hizo venir cuando lo hiciste?

–Saber que me amabas.

–¿Cómo podías haberlo dudado? –preguntó Layla, frunciendo el ceño. Pero, al mirarlo a los ojos, comprendió la razón. Mikael nunca había amado a nadie antes y, por eso, no conocía el amor.

Iba a ser todo un privilegio ser la primera... y la única, se dijo la princesa.

Entonces, sus bocas se unieron en el más tierno de los besos, que poco a poco fue incendiándose.

Allí, bajo las estrellas del inmenso desierto, Mikael le quitó la túnica y la besó en los pechos, hasta que no pudieron seguir de pie y cayeron en la cama rendidos de excitación.

Ya no tendrían que controlar su deseo nunca más.

Sin dejar de besarla, él deslizó la mano entre los muslos de ella y le acarició con suavidad, haciéndola estremecer, abriéndola poco a poco para él.

No podrían tener niños, pensó Layla, pues apenas tenía sitio para un dedo... luego, dos...

Con sus labios, Mikael calmó su preocupación, mientras seguía explorándola una y otra vez, haciendo que la tensión creciera y creciera.

—Por favor —suplicó ella y lo agarró para colocárselo encima.

Muy despacio, Mikael la penetró, atento a cualquier gemido o sonido de protesta, pues no quería hacerle daño en su primera vez. Pero Layla estaba perdida en su propio placer.

—Me gusta —dijo ella, haciéndole reír.

Mikael comenzó a moverse lentamente, su esposa gimió y arqueó las caderas, sin poder dejar de besarlo y saborearlo. Su piel sabía a sal y a pasión.

Él se entregó con cada arremetida, mientras ascendían juntos hacia el clímax, hasta que Layla tembló presa del éxtasis. A partir de ese momento, sería suya para siempre.

—Ahora ya no puedes cambiar de opinión —advirtió ella, minutos después.

—No pensaba hacerlo —aseguró él—. ¿Te he hecho daño?

—¿Daño? No. Las noches que he pasado sin ti... eso sí que me hizo daño.

–Nunca me perderás, Layla.

–Creo que tenemos que hacer esto más de una vez a la semana –señaló ella, abrazada a su amado.

–¿Una vez a la semana?

–Jamila dice que con una vez a la semana es suficiente. ¿Pero podemos hacerlo más?

–Claro.

–¿Cuánto?

–Mucho más.

–¿Y si la poción que me tomé le quita efecto a las píldoras que me diste?

–Lo dudo –afirmó él, mirándola–. Aunque, si así fuera, ¿qué pasaría?

Layla se quedó largo rato pensando y analizando sus sentimientos.

Su corazón le dijo que, con Mikael a su lado, no había nada que no pudiera hacer.

–Nos enfrentaríamos a ello –dijo la princesa–. Puede que fuera difícil convivir conmigo.

Mikael miró al cielo al imaginarse la convivencia con una Layla embarazada.

–Sí, eso es verdad –afirmó él con una sonrisa–. Pero yo no podría vivir sin ti.

–Dices cosas preciosas. Eres un hombre maravilloso.

–No se lo digas a nadie. Echarías a perder mi reputación.

–Será nuestro secreto –bromeó ella y, riendo, bailó de alegría sobre la cama. La felicidad la inundaba... Había encontrado el amor verdadero.

Bianca

Estaba a las órdenes de aquel hombre, pues él la había comprado…

Anton Luis Scott-Lee tenía que casarse con la mujer que tan cruelmente lo había rechazado hacía años. Pero la venganza iba a ser muy dulce…

Cristina Marques no tenía otra opción que acceder a casarse con Luis; su ayuda económica era la única manera de salvar su querida Santa Rosa. Pero Luis no tardaría en descubrir que su flamante esposa no podía o no quería cumplir con todos los votos matrimoniales…

Herencia de pasiones

Michelle Reid

Acepte 2 de nuestras mejores novelas de amor GRATIS

¡Y reciba un regalo sorpresa!

Oferta especial de tiempo limitado

Rellene el cupón y envíelo a
Harlequin Reader Service®
3010 Walden Ave.
P.O. Box 1867
Buffalo, N.Y. 14240-1867

¡Sí! Por favor, envíenme 2 novelas de amor de Harlequin (1 Bianca® y 1 Deseo®) gratis, más el regalo sorpresa. Luego remítanme 4 novelas nuevas todos los meses, las cuales recibiré mucho antes de que aparezcan en librerías, y factúrenme al bajo precio de $3,24 cada una, más $0,25 por envío e impuesto de ventas, si corresponde*. Este es el precio total, y es un ahorro de casi el 20% sobre el precio de portada. !Una oferta excelente! Entiendo que el hecho de aceptar estos libros y el regalo no me obliga en forma alguna a la compra de libros adicionales. Y también que puedo devolver cualquier envío y cancelar en cualquier momento. Aún si decido no comprar ningún otro libro de Harlequin, los 2 libros gratis y el regalo sorpresa son míos para siempre.

416 LBN DU7N

Nombre y apellido	(Por favor, letra de molde)
Dirección	Apartamento No.
Ciudad	Estado	Zona postal

Esta oferta se limita a un pedido por hogar y no está disponible para los subscriptores actuales de Deseo® y Bianca®.
*Los términos y precios quedan sujetos a cambios sin aviso previo.
Impuestos de ventas aplican en N.Y.

SPN-03   ©2003 Harlequin Enterprises Limited

EL SECRETO DE LILA

SARA ORWIG

Como buen miembro activo del Club de Ganaderos de Texas, Sam Gordon era conservador hasta la médula. Al descubrir que Lila Hacket, con quien había compartido una noche de pasión, estaba embarazada, decidió que tenía que casarse con ella.

Con una carrera en ciernes, Lila no tenía intención de cambiar su vida para convertirse en lo que Sam consideraba la esposa perfecta. Así que, si él deseaba que su bebé llevase el apellido Gordon, tendría que cambiar de idea sobre lo que realmente quería de ella... y qué estaba dispuesto a darle a cambio.

Quería llegar al corazón del texano

¡YA EN TU PUNTO DE VENTA!

Bianca

Un regalo de Navidad
para el hombre que lo tenía todo

El príncipe Andres de Petras
podía borrar sus pasados,
aunque placenteros, peca-
dos con una alianza de oro.
Pero su futura esposa era la
indomable princesa Zara, a
la que el príncipe mujeriego
debería seducir y coronar
para Navidad.

La rebelde princesa de Tiri-
mia había pasado años
guardando intacto su corazón y su futuro marido de
conveniencia parecía querer
que siguiera siendo así. Sin
embargo, sus caricias pro-
metían un despertar sensual
irresistible.

Pero, una vez que Zara le
había entregado su cuerpo,
no tardaría mucho en entre-
garle también su corazón…

PROMESA DE
SEDUCCIÓN
MAISEY YATES

Deseo

TATE

Chantaje y placer

ROBYN GRADY

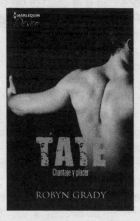

El multimillonario Tate Bridges jamás permitiría que nada pusiera en peligro lo que le pertenecía, ya fuera su imperio empresarial o su familia. Estaba dispuesto a todo para proteger a los suyos, incluso a chantajear a la única mujer a la que había amado.

Necesitaba desesperadamente la ayuda de Donna Wilks, y para conseguirla no dudaría en utilizar los problemas que sabía que ella tenía. Pero cuanto más la presionaba, más sentía la pasión que siempre había habido entre ellos, hasta que llegó a un punto en que no sabía si lo que quería de Donna era negocios o placer.

*La había chantajeado para que volviera
a su vida... pero tendría que seducirla
para que volviera a su cama*

¡YA EN TU PUNTO DE VENTA!

Bianca

**Decidieron hacer un trato, tendrían
una aventura solo durante una semana**

Diez años antes, la librera
Clementine Scott había
chocado fuertemente con
el arquitecto Alistair Haw-
thorne. Después de la hu-
millación de aquella noche,
ella había jurado que ja-
más volvería a estar con un
hombre, ¡y mucho menos
con el arrogante de Alistair!
Pero, cuando el hermano de
Clem se fugó con la herma-
nastra de Alistair, a Clem no
le quedó elección... tuvo
que acompañar a Alistair a
Montecarlo para buscarlos.
Obligados a pasar juntos
una semana, pronto se die-
ron cuenta de la atracción
que había entre ambos...

AMANTES POR UNA SEMANA
MELANIE MILBURNE